周作人著作

风雨谈

钟叔河——编订

岳麓書社·长沙

北新本《风雨谈》

编者的话

锺叔河

一九八七年一月七日《光明日报》上，岳麓书社刊出了我拟稿的一帧广告（左图），宣布了书社和我对重印周作人著作的观点：

“人归人，文归文。周作人其人的是非功过是另一问题，其书的主要内容是对传统文化和国民性进行反思，对中国—西方和中国—日本的文化历史进行比较研究，今之读者却不可不读。……”

随即便开始出书。既出周作人著作的单行本，也出精装合订本。两年之间，出了二十四种。

书当然不是想出便能出的，得按规矩，走程序。周家授权了，报告批复了，宋木文、杨牧之、伍杰各位领导都当面或来信表示应允和支持了，便能够出了。

出就得出好。当时强调了两条：（一）因为均系据旧本重印，所以一定要认真校订，尽力改正旧本误植失校的错误；（二）因为手稿不存，无法对勘，所以一定要详出校记，改动处一概保留原文，承担责任。

这两条，读者看来大都是认可的。直到如今，在旧书网上，八十年代“岳麓版”的周作人著作，始终都卖得不错。

现在，岳麓书社决定又来重版周作人著作，仍然要我负责编订，做法则一仍其旧。还是这些书，还是这两条，新的广告也就不必再做了。

鄢琨君三十年前和我同编了这些书，此次仍然合作，所有案头工作都是他做，各书重版说明也多是他写的。校记原列表在书末，如今改作尾注。鄢君新增校改之处，标出“鄢校”，特此说明，并志感谢。

二〇一八年五月十五日于长沙。

重版说明

《风雨谈》，一九三六年十月北新书局初版，有小引、后记各一篇，收一九三五年十一月至一九三六年五月所写散文三十四篇，附录二篇。

“风雨谈”原是一九三六年一月至五月周作人在《宇宙风》半月刊所开随笔专栏名。他在《〈风雨谈〉小引》中说：“在《苦竹杂记》还没有编好的时候，我就想定要写一本《风雨谈》。内容是什么都未曾决定，——反正总是那样的小文罢了，题目却早想好了，曰，《风雨谈》。”

《宇宙风·风雨谈》专栏所发文十篇，依序为《小引》、《〈游山日记〉》、《〈记海错〉》、《〈钝吟杂录〉》（原题《宋人的文章思想》）、

《陶筠庵论竟陵派》、《〈窦存〉》、《〈逸语〉与〈论语〉》、《郁冈斋〈笔麈〉》（原题《谈诗文》）、《〈蒿庵闲话〉》（原题《文人之行》）、《〈鸦片事略〉》（原题《谈鸦片》），全都收入了本集。集中其他的文章，便是发表在《北平晨报》《益世报》《自由评论》等其他报刊上的了。

本社一九八七年七月据北新本校订印行，此次依该本加校重版。

目 录

《风雨谈》小引

在《苦竹杂记》还没有编好的时候，我就想定要写一本《风雨谈》。内容是什么都未曾决定，——反正总是那样的小文罢了，题目却早想好了，曰，《风雨谈》。这题目的三个字我很有点喜欢。第一，这里有个典故。《诗经·郑风》有《风雨》三章，其词曰，风雨凄凄，云云，今不具引。栖霞郝氏《诗问》卷二载王瑞玉夫人解说云：

凄凄，寒凉也。喈喈，声和也。瑞玉曰，寒雨荒鸡，无聊甚矣，此时得见君子，云何而忧不平。故人未必冒雨来，设辞尔。

潇潇，暴疾也。胶胶，声杂也。瑞玉曰，暴雨如注，群鸡乱鸣，此时积忧成病，见君子则病愈。

晦，昏也。已，止也。瑞玉曰，雨甚而晦，鸡鸣而长，苦寂甚矣，故人来喜当何如。

郝氏夫妇的说诗可以说是真能解人颐，比吾乡住在禹迹寺前的季彭山要好得多，其佳处或有几分可与福庆居士的说词相比罢。我取这《风雨》三章，特别爱其意境，却也不敢冒风雨楼的牌号，故只谈谈而已，以名吾杂文。或曰，是与《雨天的书》相像。然而不然。《雨天的书》恐怕有点儿忧郁，现在固然未必不忧郁，但我想应该稍有不同，如复育之化为知了也。风雨凄凄以至如晦，这个意境我都喜欢，论理这自然是无聊苦寂，或积忧成病，可是也“云胡不喜”呢？不佞故人不多，又各忙碌，相见的时候颇少，但[1]是书册上的故人则又殊不少，此随时可晤对也。不谈今天天气哈哈哈，可谈的物事随处多有，所差的是要花本钱买书而已：翻开书册[2]，得听一夕的话，已大可喜，若再写下来，自然更妙，虽然做文章赔本稍为有点好笑，但不失为消遣之一法。或曰，何不谈风月？这件事我倒也想到过。有好些朋友恐怕都在期待我这样，以为照例谈谈风月才是，某人何为至今不谈也？风月，本来也是可以谈的，而且老实说，我觉得也略略知道，要比乱骂风月的正人与胡诌风月的雅人更明白得多。然而现在不谈。别无什么缘故，只因已经想定了风和雨，所以只得把月割爱了。横直都是天文类的东西，没有什么大区别，雨之与月在我只是意境小小不同，稍有较量，若在正人君子看不入眼里原是一个样子也。

廿四年十二月六日。

【锺校】

①“但”原作“把”。

②“册”原作“画”。

关于傅青主

傅青主在中国社会上的名声第一是医生，第二大约是书家吧。傅青主《女科》以至《男科》往往见于各家书目，刘雪崖辑《仙儒外纪》（所见系王氏刻《削繁》本）中屡记其奇迹，最有名的要算那儿握母心，针中腕穴而产，小儿手有刺痕的一案，虽然刘青园在《常谈》卷一曾力辟其谬，以为儿手无论如何都不能摸着心脏。震钧辑《国朝书人辑略》卷一第二名便是傅山，引了好些人家的评论，杨大瓢称其绝无毡裘气，说得很妙，但是知道的人到底较少了。《霜红龛诗》旧有刻本，其文章与思想则似乎向来很少有人注意，咸丰时刘雪崖编全集四十卷，于是始有可考，我所见的乃宣统末年山阳丁氏的刊本也。傅青主是明朝遗老，他有一种特别的地方。黄梨洲顾亭林孙夏峰王山史也都是品学兼优的人，但他们的思想还是正统派的，总不能出程朱陆王的范围，颜习斋刘继庄稍稍古怪了，或者可以与他相比。全谢山著《阳曲傅先生事略》中云：

天下大定，自是始以黄冠自放，稍稍出土穴与客接，然间有问学者，则曰，老夫学庄列者也，于此间仁义事实羞道之，即强言之亦不工。

此一半是国亡后愤世之词，其实也因为他的思想宽博，于儒道佛三者都能通达，故无偏执处。《事略》又云：

或强以宋诸儒之学问，则曰，必不得已吾取同甫。

可见青主对于宋儒的态度，虽然没有像习斋那样明说，总之是很不喜欢的了。青主也同习斋一样痛恨八股文，集卷十八《书成弘文后》云：

仔细想来，便此技到绝顶，要他何用。文事武备，暗暗底吃了他没影子亏。要将此事算接孔孟之脉，真恶心杀，真恶心杀。

记起王渔洋的笔记说，康熙初废止考试八股文，他在礼部主张恢复，后果照办。渔洋的散文不无可取，但其见识与傅颜诸君比较，相去何其远耶。青主所最厌恶的是“奴俗”，在文中屡屡见到，卷廿五《家训》中有一则云：

字亦何与人事，政复恐其带奴俗气。若得无

奴俗气，乃可与论风期日上耳。不惟字。

卷廿六《失笑辞》中云：

跌空亭而失笑，哇鏖糟之奴论。

又《医药论略》云：

奴人害[1]奴病，自有奴医与奴药，高爽者不能治。胡人害胡[2]病，自有胡医与胡药，正经者不能治。

又读《南华经》第二则云：

读过《逍遥游》之人，自然是以大鹏自勉，断断不屑作蜩与学[3]鸠为榆枋间快活矣。一切世间荣华富贵那能看到眼里，所以说金屑虽贵，着之眼中何异砂石。奴俗龌龊意见不知不觉打扫干净，莫说看今人不上眼，即看古人上眼者有几个。

卷三六云：

读理书尤着不得一依傍之义，大悟底人先后一揆，虽势易局新，不碍大同。若奴人不曾究得人心空灵法界，单单靠定前人一半句注脚，说我是有本之学，正是咬齧人脚后跟底货，大是死狗扶不上墙也。

卷三七云：

奴书生眼里着不得一个人，自谓尊崇圣道，

益自见其狭小耳，那能不令我胡卢也。

卷三八云：

不拘甚事只不要奴。奴了，随他巧妙雕钻，为狗为鼠已耳。

寥寥数语，把上边这些话都包括在里边，斩钉截铁地下了断结。卷三七又有三则，虽说的是别的话，却是同样地骂奴俗而颂真率：

矮人观场，人好亦好。瞎子随笑，所笑不差。山汉啖柑子，直骂酸辣，还是率性好恶，而随人夸美，咬牙捩舌，死作知味之状，苦斯极矣。不知柑子自有不中吃者，山汉未必不骂中也。但说柑子即不骂而争啖之，酸辣莫辨，混沌凿矣。然柑子即酸辣不甜④，亦不借山汉夸美而荣也。（案此语费解，或有小误。）戴安道之子仲若双柑沽酒听黄鹂，真吃柑子人也。

白果本自佳果，高淡香洁，诸果罕能匹之。吾曾劝一山秀才啖之，曰，不相干丝毫。真率不伪，白果相安也。

又一山贡士寒夜来吾书房，适无甚与啖，偶有蜜饯橘子劝茶，满嚼一大口，半日不能咽，语我曰，不入不入。既而曰，满口辛。与吃白果人径似一个人，然我皆敬之为至诚君子也。细想不相干丝毫与不入两语，慧心人描写此事必不能似其七字之神，每一愁闷忆之，辄噱发不已，少抒郁郁，又似一味药物也。

奴的反对是高爽明达，但真率也还在其次，所以山秀才毕竟要比奴书生好得多，傅道人记山汉事多含滑稽，此中即有敬意在也。同卷中又云：

讲学者群攻阳明，谓近于禅，而阳明之徒不理为高也，真足憋杀攻者。若与饶舌争其是非，仍是自信不笃，自居异端矣。近有袒阳明而力斥攻者之陋，真阳明亦不必辄许可，阳明不护短望救也。

卷四十云：

顷在频阳，闻莆城米黼之将访李中孚，既到门忽不入遂行，或问之，曰，闻渠是阳明之学。李问天生米不入之故，天生云云，李即曰，天生，我如何为阳明之学？天生于中孚为宗弟行，即曰，大哥如何不是阳明之学？我闻之俱不解，不知说甚，正由我不曾讲学辨朱陆买卖，是以闻此等说如梦。

这正可与“老夫学庄列者也”的话对照，他蔑视那些儒教徒的鸡虫之争，对于阳明却显然更有好意，但如真相信他是道士，则又不免上了当。《仙儒外纪》引

《外传》云：

> 或问长生久视之术，青主曰，大丈夫不能效力君父，长生久视徒猪狗活耳。或谓先生精汉魏古诗赋，先生曰，此乃驴鸣狗吠，何益于国家。

卷廿五《家训》中却云：

> 人无百年不死之人，所留在天地间，可以增光岳之气，表五行之灵者，只此文章耳。

可见青主不是看不起文章的，他怕只作奴俗文，虽佳终是驴鸣狗吠之类也。如上文所抄可以当得好文章好思想了，但他又说：

> 或有遗编残句，后之人诬以刘因辈贤我，我目几时瞑也。

卷三七又有一则云：

> 韩康伯休卖药不二价，其中断无盈赢，即买三百卖亦三百之道，只是不能择人而卖，若遇俗恶买之，岂不辱吾药物。所以处乱世无事可做，只一事可做，吃了独参汤，烧沉香，读古书，如此饿死，殊不怨尤也。

遗老的洁癖于此可见，然亦唯真倔强如居士者才能这样说，我们读全谢山所著事略，见七十三老翁如何抗拒博学鸿词的征召，真令人肃然起敬。古人云，姜桂之性老而愈辣，傅先生足以当之矣。文章思想亦正如其人，但其辣处实实在在有他的一生涯做底子，所以与后世只是口头会说恶辣话的人不同，此一层极重要，盖相似的辣中亦自有奴辣与胡辣存在也。

廿四年十一月。

【锺校】

①“害”原作“患”。

②“胡”原作“奴”。

③“学”原作“莺”。

④“甜”原作“酣”。

《游山日记》

民国十几年从杭州买到一部《游山日记》，衬装六册，印板尚佳，价颇不廉。后来在上海买得《白香杂著》，七册共十一种，《游山日记》也在内，系后印，首页的题字亦不相同。去年不知什么时候知道上海的书店有单行的《游山日记》，写信通知了林语堂先生，他买了去一读说值得重印，于是这日记重印出来了。我因为上述的关系，所以来说几句话，虽然关于舒白香我实在知道得很少。

《游山日记》十二卷，系嘉庆九年（一八〇四）白香四十六岁时在庐山避暑所作，前十卷记自六月一日至九月十日共一百天的事，末二卷则集录诗赋也。白香文章清丽，思想通达，在文人中不可多得，乐莲裳跋语称其汇儒释于寸心，穷天人于尺素，虽稍有藻饰，却亦可谓知言。其叙事之妙，如卷三甲寅（七月廿八日）条云：

晴凉，天籁又作。此山不闻风声日盖少，泉声则雨霁便止，不易得，昼间蝉声松声，远林际画眉声，朝暮则老僧梵呗声和吾书声，比来静夜风止，则惟闻蟋蟀声耳。

又卷七己巳（八月十三日）条云：

朝晴暖，暮云满室，作焦麴气，以巨爆击之不散，爆烟与云异，不相溷也。云过密则反无雨，令人坐混沌之中，一物不见。阖扉则云之入者不复出，不阖扉则云之出者旋复入，口鼻之内无非云者。窥书不见，因昏昏欲睡，吾今日可谓云醉。

其纪山中起居情形亦多可喜，今但举七月中关于食物的几节，卷三乙未（九日）条云：

朝晴凉适，可着小棉。瓶中米尚支数日，而菜已竭，所谓馑也。西辅戏采南瓜叶及野苋，煮食甚甘，予仍饭两碗，且笑谓与南瓜相识半生矣，不知其叶中乃有至味。

卷四乙巳（十九日）条云：

冷，雨竟日。晨餐时菜羹亦竭，惟食炒乌豆下饭，宗慧仍以汤匙进。问安用此，曰，勺豆入口逸于箸。予不禁喷饭而笑，谓此匙自赋形受役以来但知其才以不漏汁水为长耳，孰谓其遭际之穷至于如此。

又丙午（二十日）条云：

宗慧试采荞麦叶煮作菜羹，竟可食，柔美过匏叶，但微苦耳。苟非入山既深，又断蔬经旬，岂能识此种风味。

卷五壬子（廿六日）条云：

晴暖。宗慧本不称其名，久饮天池，渐欲通慧，忧予乏蔬，乃埋豆池旁，既雨而芽，朝食乃烹之以进。饥肠得此不翅江瑶柱，入齿香脆，颂不容口，欲旌以钱，钱又竭，但赋诗志喜而已。

此种种菜食，如查《野菜博录》等书本是寻常，现在妙在从经验得来，所以亲切有味。中国古文中不少游记，但如当作文辞的一体去做，便与“汉高祖论”相去不远，都是《古文观止》里的资料，不过内容略有史地之分罢了。《徐霞客游记》才算是一部游记，他走的地方多，纪载也详赡，所以是不朽之作，但他还是属于地理类的，与白香的游记属于文学者不同。《游山日记》里所载的重要的是私生活，以及私人的思想性情，这的确是一部“日记”，只以一座庐山当作背景耳。所以从这书中看得出来的是舒白香一个人，也有一个云烟飘渺的匡庐在，却是白香心眼中的山，有如画师写在卷子上似的，当不得照片或地图看也。徐骧题后有云：

> 读他人游山记，不过令人思裹粮游耳，读此反觉不敢轻游，盖恐徒事品泉弄石，山灵亦不乐有此游客也。

乐莲裳跋中又云：

> 然雄心远慨，不屑不恭，时复一露，不异畴昔挑灯对榻时语，虽无损于性情，犹未平于嬉笑。

这里本是规箴之词，却能说出日记的一种特色，虽然在乐君看去似乎是缺点。白香的思想本来很是通达，议论大抵平正，如卷二论儒生泥古误事，正如不审病理妄投药剂，鲜不殆者，王荆公即是，“昌黎文公未必不以不作相全其名耳”。卷七云：

> 佛者投身饲饿虎及割肉喂鹰，小慧者观之皆似极愚而可笑之事，殊不知正是大悲心中自验其行力语耳。……民溺己溺，民饥己饥，亦大悲心耳，即使禹之时有一水鬼，稷之时有一饿鬼，不足为禹稷病也。不与人为善，逞私智以溪刻论人，吾所不取。

其态度可以想见，但对于奴俗者流则深恶痛绝，不肯少予宽假，如卷八记郡掾问铁瓦，卷九纪猬髯蛙腹者拜乌金太子，乃极嬉笑怒骂之能事，在普通文章中盖殊不常见也。《日记》文中又喜引用通行的笑话，卷四中有两则，卷七中有两则，卷九中有一则，皆诙诡有趣。此种写法，尝见王谑庵陶石梁张宗子文中有之，其源盖出于周秦诸子，而有一种新方术，化臭腐为神奇，这有如妖女美德亚（Medeia）的锅，能够把老羊煮成乳羔，在拙手却也会煮死老头儿完事，此所以大难也。《游山日记》确是一部好书，很值得一读，但是却也不好有第二部，最禁不起一学。我既然致了介绍词，末了不得不有这一点警戒，盖螃蟹即使好吃，乱吃也是要坏肚子的也。

中华民国廿四年十二月八日，知堂记于北平苦茶庵。

[附记] 据《婺舲馀稿》，嘉庆十三年戊辰（一八〇八）四月廿三日为白香五十生辰，知其生于乾隆廿四年己卯，游庐山时年四十六，与卷首小像上所题正合。《舒白香杂著》据罗振玉《续汇刻书目》辛为《游山日记》十二卷，《花仙集》一卷，《双峰公挽诗》一卷，《和陶诗》一卷，《秋心集》一卷，《南征集》一卷，《香词百选》一卷，《湘舟漫录》三卷，《骖鸾集》三卷，《古南馀话》五卷，《婺舲馀稿》一卷，共十一种。我所有的一部缺《骖鸾集》，而多有

《联璧诗钞》二卷，次序亦不相同。周黎庵先生所云“天香戏稿”即是《香词百选》，计词一百首，为其门人黄有华所选。我最初知道舒白香虽然因为他的词谱及笺，可是对于词实在不大了然，所以这卷《百选》有时也要翻翻看，却没有什么意见可说。

老年

偶读《风俗文选》，见有松尾芭蕉所著《闭关辞》一篇，觉得很有意思，译其大意云：

色者君子所憎，佛亦列此于五戒之首，但是到底难以割舍，不幸而落于情障者，亦复所在多有。有如独卧人所不知的藏部山梅树之下，意外地染了花香，若忍冈之眼目关无人守者，其造成若何错误亦正难言耳。因渔妇波上之枕而湿其衣袖，破家失身，前例虽亦甚多，唯以视老后犹复贪恋前途，苦其心神于钱米之中，物理人情都不了解，则其罪尚大可恕也。人生七十世称稀有，一生之盛时乃仅二十馀年而已。初老之至，有如一梦。五十六十渐就颓龄，衰朽可叹，而黄昏即寝，黎明而起，觉醒之时所思惟者乃只在有所贪得。愚者多思，烦恼增长，有一艺之长者亦长于是非。以此为渡世之业，在贪欲魔界中使心怒发，溺于沟洫，不能善遂其生。南华老仙破除利害，忘却老少，但令有闲，为老后乐，斯知言哉。人来则有无用之辩，外出则妨他人之事业，亦以为憾。孙敬闭户，杜五郎锁门，以无友为友，以贫为富，庶乎其可也。五十顽夫，书此自戒。

"朝颜花呀，白昼还是下锁的门的围墙。"

末行是十七字的小诗，今称俳句，意云早晨看初开的牵牛花或者出来一走，平时便总是关着门罢了。芭蕉为日本"俳谐"大师，诗文传世甚多，这一篇俳文作于元禄五年（一六九三），芭蕉年四十九，两年后他就去世了。文中多用典故或双关暗射，难于移译，今只存意思，因为我觉得有趣味的地方也就是芭蕉的意见，特别是对于色欲和老年的两件事。芭蕉本是武士后来出家，但他毕竟还是诗人，所以他的态度很是温厚，他尊重老年的纯净，却又宽恕恋爱的错误，以为比较老不安分的要好得多，这是很难得的高见达识。这里令人想起本来也是武士后来出家的兼好法师来。兼好所著《徒然草》共二百四十三段，我曾经译出十四篇，论及女色有云：

惑乱世人之心者莫过于色欲。人心真是愚物：色香原是假的，但衣服如经过薰香，虽明知其故，而一闻妙香，必会心动。相传久米仙人见浣女胫白，失其神通，实在女人的手足肌肤艳美肥泽，与别的颜色不同，这也是至有道理的话。

本来诃欲之文出于好色，劝戒故事近于淫书，亦是常事，但那样明说色虽可憎而实可爱，殊有趣味，正可见老和尚不打诳[1]语也。此外同类的话尚多，但最有意思的还是那顶有名的关于老年的一篇：

倘仇野之露没有消时，鸟部山之烟也无起时，人生能够常住不灭，恐世间将更无趣味。人世无常，倒正是很妙的事罢。

遍观有生，唯人最长生。蜉蝣及夕而死，蟪蛄不知春秋。倘若优游度日，则一岁的光阴也就很是长闲了。如不知厌足，虽历千年亦不过一夜的梦罢。在不能常住的世间活到老丑，有什么意思？语云，寿则多辱。即使长命，在四十以内死了最为得体。过了这个年纪便将忘记自己的老丑，想在人群中胡混，到了暮年还溺爱子孙，希冀长寿得见他们的繁荣，执著人生，私欲益深，人情物理都不复了解，至可叹息。

兼好法师生于日本南北朝（1332—1392）的前半，遭逢乱世，故其思想或倾于悲观，芭蕉的元禄时代正是德川幕府的盛时，而诗文亦以枯寂为主，可知二人之基调盖由于趣味性的相似，汇合儒释，或再加一点庄老，亦是一种类似之点。中国文人中想找这样的人殊不易得，六朝的颜之推可以算是一个了，他的《家训》也很可喜，不过一时还抄不出这样一段文章来。倒是降而求之于明末清初却见到一位，这便是阳曲傅青主。在山阳丁氏刻《霜红龛集》卷三十六杂记中有一条云：

老人与少时心情绝不相同，除了读书静坐如何过得日子。极知此是暮气，然随缘随尽，听其自然，若更勉强向世味上浓一番，恐添一层罪过。

青主也是兼通儒释的，他又自称治庄列者。所以他的意见很是通达。其实只有略得一家的皮毛的人才真是固陋不通。若是深入便大抵会通达到相似的地方。如陶渊明的思想总是儒家的，但《神释》末云：

甚念伤吾生，正宜委运去。
纵浪大化中，不喜亦不惧。
应尽便须尽，无复独多虑。

颇与二氏相近，毫无道学家方巾气，青主的所谓暮气实在也即从此中出也。

专谈老年生活的书我只见过乾隆时慈山居士所著的《老老恒言》五卷，望云仙馆重刊本。曹庭栋著书此外尚多，我只有一部《逸语》，原刻甚佳，意云《论语》逸文也。《老老恒言》里的意思与文章都很好，只可惜多是讲实用的，少发议论，所以不大有可以抄录的地方。但如下列诸节亦复佳妙，卷二“省心”项下云：

凡人心有所欲，往往形诸梦寐，此妄想惑乱之确证。老年人多般涉猎过来，其为可娱可乐之事滋味不过如斯，追忆间亦同梦境矣。故妄想不可有，并不必有，心逸则日休也。

又卷一“饮食”项下云：

应璩《三叟诗》云，三叟前致辞，量腹节所受。量腹二字最妙，或多或少非他人所知，须自己审量。节者，今日如此，明日亦如此，宁少无多。又古诗云，努力加餐饭。老年人不减足矣，加则必扰胃气。况努力定觉勉强，纵使一餐可加，后必不继，奚益焉。

我尝可惜李笠翁《闲情偶寄》中不谈到老年，以为必当有妙语，或较随园更有理解亦未可知，及见《老老恒言》觉得可以补此缺恨了。曹君此书前二卷详晨昏动定之宜，次二卷列居处备用之要，末附《粥谱》一卷，娓娓陈说，极有胜解，与《闲情偶寄》殆可谓异曲而同工也。关于老年虽无理论可供誊录，但实不愧为一奇书，凡不讳言人有生老病死苦者不妨去一翻阅，即作闲书看看亦可也。

廿四年十二月十一日，于北平。

【锺校】

①“诳”原作“谎”。

三部乡土诗

近二十年来稍稍搜集同乡人的著作。“这其实也并不能说是搜集，不过偶然遇见的时候把他买来，却也不是每见必买，价目太贵时大抵作罢。”在《苦竹杂记》里这样地说明过，现在可以借来应用。所谓同乡也只是山阴会稽两县，清末合并称作绍兴县，但是我不很喜欢这个名称，除官文书如履历等外总不常用。本来以年号作县名，如嘉定等，也是常事，我讨厌的是那浮夸的吉语，有如钱庄的招牌，而且泥马渡康王的纪念也用不着留到今日，不过这是闲话暂且不提。“看同乡人的文集，有什么意思呢？以诗文论，这恐怕不会有多大意思。”这话前回也已说过。“事与景之诗或者有做得工的，我于此却也并没有什么嗜好，大约还是这诗中的事与景，能够引起我翻阅这些诗文集的兴趣。因为乡曲之见，所以搜集同乡人的著作，在这著作里特别对于所记的事与景感到兴趣，这也正由于乡曲之见。纪事写景之工者亦多矣，今独于乡土著作之事与景能随喜赏识者，盖因其事多所素知，其景多曾亲历，故感觉甚亲切也。”

诗文集有专讲一地方的，那就很值得翻阅。这有些是本乡人所撰，有些是出于外乡人之手，我都同样地想要搜集。孔延之的《会稽掇英集》，王十朋的《会稽三赋》各注本，陈祖昭的《鉴湖棹歌》等是第二类，第一类有陶元藻的《广会稽风俗赋》，翁元圻注本，李寿朋的《越中名胜赋》，周晋鑅的《越中百咏》，周调梅的《越咏》，张桂臣的《越中名胜百咏》等。但是还有几种，范围较小，我觉得更有意思。其一是《娱园诗存》四卷，光绪丙戌刊本。娱园是秦树铦的别业，在会稽小皋步，陶方琦李慈铭等人所结的“皋社”就在那里，古来也出过些名人，据我所知道，明末参严嵩的沈炼与清初撰那《度针篇》的闻人均便都是小皋步人。（至少沈青霞的后人住在那村里。）《诗存》卷一即是《皋社联吟集》，卷二三是关于娱园的题咏，卷四曰《感怀集》，皆主人“怆念存殁”之作。我的大舅父是秦君的女婿，曾经寄寓在那里，所以在庚子前后我到过娱园有好几次，读集中潭水山房微云楼诸咏，每记起三十多年前梦影，恍忽如在目前。区区一园之兴废，于后之读者似无关痛痒，但如陶方琦序中所云：

越风绵亘，盛乎诗巢。诗巢倾翳，百年阒如。音擭多舛，吟律鲜守。皋中诗社，崛起于后。东州蟠郁，偏师钟衍。诗社十人，争长娱园。

《诗存》四卷正是皋社文献之仅存者，颇足供参考，娱园主人的诗也只见此集中，少时虽然及见秦少渔先生，惜未能问其先世遗稿，盖其时但解游嬉或索画墨梅而已。

其二是《鞍村杂咏》一卷，道光丁酉刊本。题曰安山第七桥半亭老人，即山阴沈宸桂，著有《寿樟书屋诗钞》一卷，卷首为《马鞍村十咏》，序中述村名缘起云：

余家在马鞍村。村口有山，其形如马。秦始皇时，望气者云，南海有五色气，遂发卒千人，凿断山之冈阜，形如马鞍。附山居民遂以名村，至今山顶凿痕具在。

次为《马鞍村春日竹枝词》八首，《村居四时杂咏》廿二首，《村名词》《庵名词》各十二首，此外杂题十三首。沈君诗本平常，又喜沿袭十景之名，或嵌字句，益难出色，唯专就一村纪事写景，亦别有意义，其村居诗更较佳，如其十八云：

老妻扶杖念弥陀，稚子划船唱棹歌。

村店满缸新酒贱，俞公塘上醉人多。

写海边村景颇有风致。其廿二末联云：

村居歌咏知多少，惟爱南湖陆放翁。

又杂题亦多拟剑南体者，可知作者的流派，正亦可谓之“乡曲之见”，殊令不佞读之不禁微笑也。

其三是《墟中十八图咏》一卷，影抄本。有毛奇龄宋衡邵廷采戴名世序，章士俞公縠陶及申跋，章标所画墟中图十八幅，章世法叙记十八则，章大来、麟化、士、成梿、成栻、应枢、锜、钟、世法、标等十人五言绝句各十八首，共一百八十首。所谓墟者即会稽道墟村，章氏聚族而居之地，择墟中十八境，会章氏十人，倡为诗章，乃成是集。查文中年代为康熙四十一年壬午（一七〇二），据章士题后当时盖曾刻板，钞本则似出于乾隆时，笔迹不工，又不懂画法，所摹图尤凌乱，但即看此本而尚觉图之可喜，然则原画之佳盖可知矣。戴南山序署壬午闰六月，其称述墟中图云：

余披其图，泉石之美秀，峰岭之俊拔，园林之幽胜，亭馆之参差，云树之缥缈，鱼鸟之飞跃，以及桑麻果蔬，牛羊鸡犬，藩篱村落，场圃帆樯，莫不历历在目，而恍若身游其中，则余又何必以未至为恨乎。

这虽似应酬的套语，其实却是真话，因为他画的确有特色，不是普通的山水画那样到处皆是而又没有一处是的。我最喜欢那第十二的杜浦一幅。我从小就听从杜浦来的一个章姓工人讲海边的事，沙地与“舍”（草屋），棉花与西瓜，角鸡与獾猪等等，至今不能忘记。看那图时自然更有兴味，沿海小村，有几所人家，却不荒凉，沙碛上两人抬了一乘兜轿，有地方称“过山龙”，颇有颊上添毫之妙。又第十八宜嘉尖，画一田庄，柴门临水，门口泊酒船，有两个工人抬着一大坛往里边走。第四南阳阪，有山有河，有桥有船，有田有人，有牛有树，此真是东南农村的一角也，其真实处几乎要有点像地图了，而仍有图画之美，在寻常山水册中岂容易找得出乎。诗的数目十倍于图，但是我没有多少话可说。这里且举出章应枢的一首《杜浦》来：

沙堆何累累，见沙不见水。

负担上塘来，识是隔江子。

据章士题后云：

岁辛巳余与宗人联吟墟中，合两山之间择而赋之，得境十八，凡十人，得诗一百八十，宁涩毋滑，宁生毋熟，宁野朴不近人情，毋为儿女子嗫嚅态。

可以约略知道他们的态度。但是王维裴迪往矣，后之人欲用五言咏风土之美，辋川在前，虽美弗彰也。大抵此类书籍的价值重在文献的方面，若以文艺论未免见绌，唯墟中图则自有佳处，我只可惜未能得到原刊本耳。

廿四年十二月十五日，在北平。

《记海错》

王渔洋《分甘馀话》卷四载郑简庵《新城旧事序》有云：

汉太上作新丰，并移旧社，士女老幼，相携路首，各知其室，放鸡犬于通途，亦竞识其家，则乡亭宫馆尽入描摹也。沛公过沛，置酒悉召父老诸母故人道旧，故为笑乐，则酒瓢羹碗可供笑谑也。郭璞注《尔雅》，陆佃作《埤雅》，释鱼释鸟，读之令人作濠濮间[①]想，觉鸟兽禽鱼自来亲人也。

这是总说乡里志乘的特色，但我对于纪风物的一点特别觉得有趣味。小时候读《毛诗草木鸟兽虫鱼疏》与《花镜》等，所以后来成为一种习气，喜欢这类的东西。可是中国学者虽然常说格物，动植物终于没有成为一门学问，直到二十世纪这还是附属于经学，即《诗经》与《尔雅》的一部分，其次是医家类的《本草》，地志上的物产亦是其一。普通志书都不很着重这方面，纪录也多随便，如宋高似孙的《剡录》可以说是有名的地志，里边有《草木禽鱼诂》两卷，占全书十分之二，分量不算少了，但只引据旧文，没有多大价值。单行本据我所看见的有黄本骥的《湖南方物志》四卷，汪曰桢的《湖雅》九卷，均颇佳。二书虽然也是多引旧籍，黄氏引有自己的《三长物斋长说》好许多，汪氏又几乎每条有案语，与纯粹辑集者不同。黄序有云：

> 仿《南方草木状》《益部[②]方物略》《桂海虞衡志》《闽中海错疏》之例，题曰《湖南方物志》。

至于个人撰述之作，我最喜欢郝懿行的《记海错》，郭柏苍的《海错百一[③]录》五卷《闽产录异》六卷居其次。郭氏纪录福建物产至为详尽，明谢在杭《五杂组》卷九至十二凡四卷为物部，清初周亮工著《闽小记》四卷，均亦有所记述，虽不多而文辞佳胜，郝氏则记山东登莱海物者也。

郝懿行为乾嘉后期学者，所注《尔雅》其精审在邢邵之上。《晒书堂文集》卷二与孙渊如观察书（戊辰）有云：

> 尝论孔门多识之学殆成绝响，唯陆元恪之

《毛诗疏》剖析精微，可谓空前绝后。盖以故训之伦无难钩稽搜讨，乃至虫鱼之注，非夫耳闻目验，未容置喙其间，牛头马髀，强相附会，作者之体又宜舍诸。少爱山泽，流观鱼鸟，旁涉夭条，靡不覃研钻极，积岁经年，故尝自谓《尔雅》下卷之疏，几欲追踪元恪，陆农师之《埤雅》，罗端良之《翼雅》，盖不足言。

这确实不是夸口，虽然我于经学是全外行，却也知道他的笺注与众不同，盖其讲虫鱼多依据耳闻目验，如常引用民间知识及俗名，在别人书中殆不能见到也。又答陈恭甫侍御书（丙子）中云：

贱患偏疝，三载于今，迩来体气差觉平复耳。以此之故，虫鱼辍注，良以慨然。比缘闲废，聊刊《琐语》小书，欲为索米之赀（七年无俸米吃），自比钞胥，不堪覆瓿，只恐流播人间作话柄耳。

即此可见他对于注虫鱼的兴趣与尊重，虽然那些《宋琐语》《晋宋书故》的小书也是很有意思的著作，都是我所爱读的。《蜂衙小记》后有牟廷相跋云：

昔人云，《尔雅》注虫鱼，定非磊落人。余谓磊落人定不能注虫鱼耳。浩浩落落，不辨马牛，那有此静中妙悟耶？故愿与天下学静，不愿学磊落。如有解者，示以《蜂衙小记》十五则。牟氏著有《诗切[4]》，虽不得见，唯在郝氏《诗问》中见所引数条，均有新意，可知亦是解人也，此跋所说甚是，正可作上文的说明。《宝训》八卷《蜂衙小记》《燕子春秋》各一卷，均有牟氏序跋，与《记海错》合刻，盖郝君注虫鱼之绪馀也。

《记海错》一卷，凡四十八则，小引云：

> 海错者《禹贡》图中物也，故《书》《雅》记厥类实繁，古人言矣而不必见，今人见矣而不能言。余家近海，习于海久，所见海族亦孔之多，游子思乡，兴言记之。所见不具录，录其资考证者，庶补《禹贡疏》之阙略焉。时嘉庆丁卯戊辰书。

王善宝序云：

> 农部郝君恂九自幼穷经，老而益笃。日屈身于打头小屋，孜孜不辍[5]。有馀闲记海错一册，举乡里之称名，证以古书而得其贯通，刻画其形亦毕肖也。

此书特色大略已尽于此，即见闻真，刻画肖耳。如“土肉”一则云：

> 李善《文选·江赋注》引《临海水土异物志》曰，土肉正黑，如小儿臂大，长五寸，中有

腹，无口目，有三十足，炙食。余案今登莱海中有物长尺许，浅黄色，纯肉无骨，混沌无口目，有肠胃。海人没水底取之，置烈日中，濡柔如欲消尽，瀹以盐则定，然味仍不咸，用炭灰腌之即坚韧而黑，收干之犹可长五六寸。货致远方，啖者珍之，谓之海参，盖以其补益人与人参同也。《临海志》所说当即指此，而云有三十足，今验海参乃无足而背上肉刺如钉，自然成行列，有二三十枚者，《临海志》欲指此为足则非矣。

《闽小记》《海错百一录》所记都不能这样清爽。又记虾云：

海中有虾长尺许，大如小儿臂，渔者网得之，俾两两而合，日干或腌渍货之，谓为对虾，其细小者干货之曰虾米也。案《尔雅》云，鰝大虾。郭注，虾大者出海中，长二三丈，须长数尺，今青州呼虾鱼为鰝。《北户录》云，海中大红虾长二丈馀，头可作杯，须可作簪，其肉可为脍，甚美。又云，虾须有一丈者，堪拄杖。《北户录》之说与《尔雅》合。余闻榜人言，船行海中或见列桅如林，横碧若山，舟子渔人动色攒眉，相戒勿前，碧乃虾背，桅即虾须矣。

此节文字固佳，稍有小说气味，盖传闻自难免张大其词耳。《五杂组》卷九云：

龙虾大者重二十馀斤，须三尺馀，可为杖。蚶大者如斗，可为香炉。蚌大者如箕。此皆海滨人习见，不足为异也。

《闽小记》卷一“龙虾”一则云：

相传闽中龙虾大者重二十馀斤，须三尺馀，可作杖，海上人习见之。予初在会城，曾未一睹，后至漳，见极大者亦不过三斤而止，头目实作龙形，见之敬畏，戒不敢食。后从张赓阳席间误食之，味如蟹螯中肉，鲜美逾常，遂不能复禁矣。有空其肉为灯者，贮火其中，电目血舌，朱鳞火鬣，如洞庭君擘青天飞去时，携之江南，环观挢[6]舌。

《海错百一录》卷四记虫其一“龙虾”云：

龙虾即虾魁，目睛隆起，隐露二角，产宁德。《岭表录异》云，前两脚大如人指，长尺馀，上有芒刺铦硬，手不可触，脑壳微有错，身弯环，亦长尺馀，熟之鲜红色，名虾杯。苍案，宁德以龙虾为灯，居然龙也，以其大乃称之为魁。仆人陈照贾吕宋，舶头突驾二朱柱，夹舶而趋，舶人焚香请妈祖棍三击，如桦烛对列，闪灼而逝，乃悟为虾须。《南海杂志》，商舶见波中双樯摇荡，高可十馀丈，意其为舟，老长年曰，此海虾乘霁曝双须也。《洞冥记》载有虾须杖。举此则龙虾犹小耳。

将这四篇来一比较，郝记还是上品，郭录本来最是切实，却仍多俗信，如记美人鱼海和尚撒[7]尿鸟之类皆是，又《闽产录异》卷五记豕身人首的鲧神，有云，“山精木魅，奇禽异兽，难以殚述”，书刻于光绪丙戌，距今才五十年，但其思想则颇陈旧也。郝记中尚有蟹、蛇、海盘缠、海带诸篇均佳，今不具引。

《晒书堂诗钞》卷上有诗曰《拾海错》，原注云，“海边人谓之赶海”，诗有云：

渔父携筠篮，追随者[8]稚子，
逐虾寻海舌，淘泥拾鸭嘴[9]，
细不遗蟹奴，牵连及鱼婢。

郝诗非其所长，但此数语颇有意思。《晒书堂文集》《笔录》及诸所著述书中，则佳作甚多，惜在这里不能多赘。清代北方学者我于傅青主外最佩服郝君，他的学术思想仿佛与颜之推贾思勰有点近似，切实而宽博，这是我所喜欢的一个境界也。郝氏遗书庞然大部，我未能购买，但是另种也陆续搜到二十种，又所重刻雅雨堂本《金石例》亦曾得到，皆可喜也。

廿四年十二月廿四日，于北平。

【锺校】

①“间”原作“闻”。

②“部”原作“都”。

③“百一”原作“一百”。

⑥“挢”原作“桥”。

⑦“撒”原作“散”。

【鄢校】

④“切”原作“意”。

⑤“辍”原作“倦”，据《记海错》改。

⑧“者”原作“的”。

⑨《拾海错》有注：海舌即水母，蚬形如鸭嘴。

本色

阅郝兰皋《晒书堂集》，见其《笔录》六卷，文字意思均多佳胜，卷六有“本色”一则，其第三节云：

> 西京一僧院后有竹园甚盛，士大夫多游集其间，文潞公亦访焉，大爱之。僧因具榜乞命名，公欣然许之，数月无耗，僧屡往请，则曰，吾为尔思一佳名未得，姑少待。逾半载，方送榜还，题曰“竹轩”。妙哉题名，只合如此，使他人为之，则绿筠潇碧，为此君上尊号者多矣。（《艮斋续说》八）余谓当公思佳名未得，度其胸中亦不过绿筠潇碧等字，思量半载，方得真诠，千古文章事业同作是观。

郝君常引王渔洋尤西堂二家之说，而《艮斋杂说》为多，亦多有妙解。近来读清初笔记，觉有不少佳作，王渔洋与宋牧仲，尤西堂与冯钝吟，刘继庄与傅青主，皆是。我因《笔录》而看《艮斋杂说》，其佳处却已多被郝君引用了，所以这里还是抄的《笔录》，而且他的案语也有意思，很可以供写文章的人的参考。

写文章没有别的诀窍，只有一字曰简单。这在普通的英文作文教本中都已说过，叫学生造句分章第一要简单，这才能得要领。不过这件事大不容易，所谓三岁孩童说得，八十老翁行不得者也。《钝吟杂录》卷八有云：

> 平常说话，其中亦有文字。欧阳公云，见人题壁，可以知人文字。则知文字好处正不在华绮，儒者不晓得，是一病。

其实平常说话原也不容易，盖因其中即有文字，大抵说话如华绮便可以稍容易，这只要用点脂粉工夫就行了，正与文字一样道理，若本色反是难。为什么呢？本色可以拿得出去，必须本来的质地形色站得住脚，其次是人情总缺少自信，想依赖修饰，必须洗去前此所涂脂粉，才会露出本色来，此所以为难也。想了半年这才丢开绿筠潇碧等语，找到一个平凡老实的竹轩，此正是文人的极大的经验，亦即后人的极好的教训也。

好几年前偶读宋唐子西的《文录》，见有这样一条，觉得非常喜欢。文云：

关子东一日寓辟雍，朔风大作，因得句云，夜长何时旦，苦寒不成寐。以问先生云，夜长对苦寒，诗律虽有蹉对，亦似不稳。先生云，正要如此，一似药中要存性也。

这里的蹉对或蹉对或句中对的问题究竟如何，现在不去管他，我所觉得有意思的是药中存性的这譬喻，那时还起了“煅药庐”这个别号。当初想老实地叫存性庐，嫌其有道学气，又有点像药酒店，叫做药性庐呢，难免被人认为国医，所以改做那个样子。煅药的方法我实在不大了然，大约与煮酒焙茶相似，这个火候很是重要，才能使药材除去不要的分子而仍不失其本性，此手法如学得，真可通用于文章事业矣。存性与存本色未必是一件事，我却觉得都是很好的话，很有益于我们想写文章的人，所以就把他抄在一起了。

《钝吟杂录》卷八遗言之末有三则，都是批评谢叠山所选的《文章轨[①]范》的，其第一则说得最好。文云：

大凡学文初要小心，后来学问博，识见高，笔端老，则可放胆。能细而后能粗，能简而后能繁，能纯粹而后能豪放。叠山句句说倒了。至于俗气，文字中一毫着不得，乃云由俗入雅，真戏论也。东坡先生云，尝读《孔子世家》，观其言语文章循循然莫不有规矩，不敢放言高论。然则放言高论，夫子不为也，东坡所不取也。谢枋得叙放胆文，开口便言初学读之必能放言高论，何可如此，岂不教坏了初学。

钝吟的意见我未能全赞同，但其非议宋儒宋文处大抵是不错的，这里说要小心，反对放言高论，我也觉得很有道理。卷一《家戒上》云：

士人读书学古，不免要作文字，切忌勿作论。

这说得极妙，他便是怕大家做汉高祖论，故说霸道，学上了坏习气，无法救药也。卷四《读古浅说》中云：

余生仅六十年，上自朝廷，下至闾里，其间风习是非，少时所见与今日已迥然不同，况古人之事远者数千年，近者犹百年，一以今日所见定其是非，非愚则诬也。宋人作论多俗，只坐此病。

作论之弊素无人知，祸延文坛，至于今日，冯君的话真是大狮子吼，惜少有人能倾听耳。小心之说很值得中小学国文教师的注意，与存性之为文人说法不同，应用自然更广，利益也就更大了。不佞作论三十馀年，近来始知小心，他无进益，放言高论庶几可以免矣，若夫本色则犹望道而未之见也。

廿四年十二月廿五日。

【锺校】

①“轨”原作“规”。

《钝吟杂录》

《池北偶谈》卷十七有“冯班”一条，称其博雅善持论，著《钝吟杂录》六卷，又云：

> 定远论文多前人未发，但骂严沧浪不识一字，太妄。

我所有的一部《钝吟杂录》系嘉庆中张海鹏刊本，凡十卷，与《四库书目提要》所记的相同。冯氏犹子武所辑集，有己未年序，盖即乾隆四年，可知不是渔洋所说的那六卷原本了。序中称其情性激越，忽喜忽怒，里中俗子皆以为迂，《提要》亦云诋斥或伤之激，这与渔洋所谓妄，都是他大胆的一方面。序中记其斥《通鉴纲目》云：

> 凡此书及致堂《管见》以至近世李氏《藏书》及金圣叹《才子书》，当如毒蛇蚖蝎，以不见为幸，即欧公老泉渔仲叠山诸公，亦须小心听之。

冯氏不能了解卓吾圣叹，在那时本来也不足怪（李氏的史识如何我亦尚未详考），若其批评宋人的文章思想处却实在不错，语虽激而意则正，真如《提要》所云论事多达物情。我看十卷《杂录》中就只这个是其精髓，自有见地，若其他也不过一般云云罢了。《杂录》卷一《家戒上》云：

> 士人读书学古，不免要作文字，切忌勿作论。成败得失，古人自有成论，假令有所不合，阙之可也，古人远矣，目前之事犹有不审，况在百世之下而欲悬言其是非乎。宋人多不审细止，如苏子由论蜀先主云，据蜀非地也，用孔明非将也。考昭烈生平未尝用孔明为将，不据蜀便无地可措足，此论直是不读《三国志》。宋人议论多如此，不可学他。

切忌勿作论，这是多么透彻的话，正是现在我们所要说的，却一时想不到那么得要领有力量。我们平常知道骂八股，实在还应该再加上一种“论”，因为八股教人油腔滑调地去说理，论则教人胡说霸道地去论事，八股使人愚，论则会使人坏。大家其实也早已感到这点，王介甫也有较好的文章，只因先读了他的《孟尝君论》，便不欢喜他，还有些人读了《三苏策论》之后一直讨厌东坡，连尺牍题跋都没有意思去看了，这都是实例。钝吟一口喝破，真是有识见，不得不令人佩服。卷四《读古浅说》有一条云：

读书不可先读宋人文字。

何议门评注云：

吾辈科举人初见此语必疑其拘葸，甚且斥为凡陋，久阅知书味，自信为佳。

评语稍笼统，还是找他自己的话来做解说吧。卷八《遗言》云：

宋人说话只要说得爽快，都不料前后。

又卷二《家戒下》云：

古人文字好恶俱要论理，如宋人则任意乱说，只练文字（何评，苏文如是者多矣）。谢叠山《文章轨范》尤非，他专以诬毁古人为有英气，此极害事。

卷八又云：

宋人谈性命，真开千古之绝学，……但论人物谈政事言文章，便是隔壁说话。

下半说得不错，上半却有问题。冯氏论事虽有见识，但他总还想自附于圣学，说话便常有矛盾，不能及不固执一派的人，如傅青主，或是尤西堂。其实他在卷二已说过道：

不爱人，不仁也。不知世事，不智也。不仁

不智，无以为儒也。未有不知人情而知性者。

又卷四云：

不近人情而云尽心知性，吾不信也，其罪在不仁。不知时势而欲治国平天下，吾不信也，其罪在不智。不仁不智，便是德不明。

这两节的道理如何是别一事，但如根据这道理，则论人物而苛刻，谈政事而胡涂，即是不仁不智了，与性命绝学便没有关系。傅青主《霜红龛集》卷三十六（丁氏刊本）《杂记一》中有云：

李念斋有言，东林好以理胜人。性理中宋儒诸议论无非此病。

又卷四十《杂记五》云：

宋人之文动辄千百言，萝莎冗[1]长，看着便厌。灵心慧舌，只有东坡。昨偶读曾子固《战国策》《说苑》两序，责子政自信不笃，真笑杀人，全不看子政叙中文义而要自占地步。宋人往往挟此等技为得意，那可与之言文章之道。文章诚小技，可怜终日在里边盘桓，终日说梦。

傅君真是解人，所说并不怎么凌厉，却着实得要领，也颇有风致，这一点似胜于钝吟老人也。我常怀疑中国人相信文学有用而实在只能说滥调风凉话，其源盖出于韩退之，而其他七大家实辅成之，今见傅冯二公的话，觉得八分之六已可证实了，馀下的容再理会。《杂录》卷一云：

> 药无与于衣食也，金石丝竹，先王以化俗，墨子非之。诗赋无与于人事也，温柔敦厚，圣人以教民，宋儒恶之。
>
> 汉人云，大者与六经同义，小者辨丽可喜。言赋者莫善于此，诗亦然也。仁者乐山，智者乐水，咏之何害。
>
> 风云月露之词，使人意思萧散，寄托高胜，君子为之，其亦贤于博弈也。以笔墨劝淫诗之戒，然犹胜于风刺而轻薄不近理者，此有韵之谤书，唐人以前无此，不可不知也。

讲到诗，这我有点儿茫然，但以为放荡的诗犹比风刺而轻薄不近理者为胜，然则此岂不即是宋人论人物之文章耶。我近年常这样想，读六朝文要比读八大家好，即受害亦较轻，用旧话来说，不至害人心术也。钝吟的意思或者未必全如此，不过由诗引用到文，原是一个道理，我想也别无什么不可罢。

《杂录》卷一《家戒上》又有几节关于教子弟的，颇多可取，今抄录其一云：

> 为子弟择师是第一要事，慎无取太严者。师太严子弟多不令，柔弱者必愚，刚强者怼而为

恶，鞭扑叱咄之下，使人不生好念也。凡教子弟勿违其天资，若有所长处，当因而成之。教之者所以开其知识也，养之者所以达其性也。年十四五时，知识初开，精神未全，筋骨柔脆，譬如草木，正当二三月间，养之全在此际。噫，此先师魏叔子之遗言也，我今不肖，为负之矣。

何注曰：

少小多过，赖严师教督之恩，得比人数，以为师不嫌太严也。及后所闻见，亦有钝吟先生所患者，不可以不知。

冯氏此言甚有理解，非普通儒者们所能及。傅青主《家训》亦说及这个问题，颇主严厉，不佞虽甚喜霜红龛的思想文字，但于此处却不得不舍傅而取冯矣。

廿四年十二月廿八日。

【锺校】

①“宂”原作“亢”。

《燕京岁时记》

《燕京岁时记》一卷，富察敦崇著，据跋盖完成于光绪庚子，至丙午（一九〇六）始刊行，板似尚存，市上常有新印本可得。初在友人常君处所见系宣纸本，或是初印，我得到的已是新书了，但仍系普通粉连，未用现今为举世所珍重的机制连史纸，大可喜也。润芳序中略述敦君身世，关于著作则云：

> 他日过从，见案头有《燕京岁时记》一卷，捧读一过，具见匠心，虽非巨制鸿文，亦足资将来之考证，是即《景物略》《岁华记》之命意也。虽然，如礼臣者其学问岂仅如此，尚望引而伸之，别有著作，以为同学光，则予实有厚望焉。

其实据我看来这《岁时记》已经很好了，但是我却又能够见到他别的著作，更觉得有意思。这也并非巨制鸿文，只是薄薄的一册文集，题曰《画虎集文钞》，上有我的二月十四日的题记云：

前得敦礼臣著《燕京岁时记》，心爱好之。昨游厂甸见此集，亟购归，虽只寥寥十三页，而文颇质朴，亦可取也。

这书虽然亦用粉连纸印，而刻板极坏，比湖北崇文书局本还要难看，有几处已经糊纸改写，错字却仍不少，如庶吉士会刻作庶吉主，可见那时校刻的草草了。集中只有文十一篇，首篇是复其内弟书，叙庚子之变，自称年四十六，末为周毓之诗序，作于甲子春，署七十老人某病中拜序，可以知其年岁及刻书的时代大概。十一篇中有六篇都说及庚子，深致慨叹，颇有见识，辛亥后作虽意气销沉，却无一般遗老丑语，更为大方，曾读《涉江文钞》亦有此感，但惜唐氏尚有理学气耳。辛丑所作《增旧园记》有云：

斯园也以弹丸之地，居兵燹之中，虽获瓦全，又安能长久哉。自今以往，或属之他人，或鞠为茂草，或践成蹊径，或垦作田畴，是皆不可知矣，更何敢望如昔之歌舞哉。

此增旧园在铁狮子胡同，即铁狮子所在地，现在不知如何了，昔年往东北城教书常走过此街，见有高墙巍巍，乃义威将军张宗昌别宅也，疑即其处。记末又言古来宫殿尽归毁灭，何况蕞尔一园，复云：

> 其所以流传后世者亦惟有纸上之文章耳，文章若在则斯园为不朽矣，此记之所由作也。

今园已不存，此十三页的文集不知天壤间尚有几本，则记之存盖亦仅矣。《碣石逋叟周毓之诗序》云：

> 癸亥嘉平以诗一卷见寄，并嘱为序。研读再四，具见匠心，间亦有与予诗相似者。盖皆读书无多，纯任天籁，正如鸟之鸣春，虫之鸣秋，嘈嘈唧唧，聒耳不已，诘其究竟，鸟既不知所鸣者为何声，虫亦不知所鸣者为何律也，率其性而已矣，吾二人之诗亦复如此。

《画虎集》中无诗钞，只在《岁时记》中附录所作六首，游潭柘山三首及钓鱼台一首均系寻常游览之作，京师夏日闺词两首稍佳，大抵与所自叙的话相合，这在诗里未能怎么出色，但不是开口工部，闭口涪翁，总也干净得多，若是在散文里便更有好处了。《岁时记》跋之二云：

> 此记皆从实录写，事多琐碎，难免有冗杂芜秽之讥，而究其大旨无非风俗游览物产技艺四门而已，亦《旧闻考》之大略也。

这从实录写，事多琐碎两件事，据我看来不但是并无可讥，而且还是最可取的一点。本来做这种工作，要叙录有法，必须知识丰富，见解明达，文笔殊胜，才能别择适当，布置得宜，可称合作，若在常人徒拘拘于史例义法，容易求工反拙，倒不如老老实实地举其所知，直直落落地写了出来，在琐碎朴实处自有他的价值与生命。记中所录游览技艺都是平常，其风俗与物产两门颇多出色的纪述，而其佳处大抵在不经意的地方，盖经意处便都不免落了窠臼也。如一月中记耍耗子、耍猴儿、耍苟利子、跑旱船，九[①]月的糟蟹、良乡酒、鸭儿广、柿子、山里红，十月的[②]风筝、毽儿、琉璃喇叭、咘咘噔、太平鼓、空钟，蛐蛐儿、聒聒儿、油壶卢，梧桐、交嘴、祝顶红、老西儿、燕巧儿，栗子、白薯[③]、中果、南糖、萨齐玛、芙蓉糕、冰糖壶卢、温朴，赤包儿、斗姑娘、海棠木瓜、沤朴各条，都写得很有意思。又如五月的石榴、夹竹桃云：

> 京师五月榴花正开，鲜明照眼，凡居人等往往与夹竹桃罗列中庭，以为清玩。榴竹之间，必以鱼缸配之，朱鱼数头，游泳其中，几于家家如此。故京师谚曰，天篷鱼缸石榴树。盖讥其同也。

七月的荷叶灯、蒿子灯、莲花灯云：

> 中元黄昏以后，街巷儿童以荷叶燃灯，沿街唱曰：荷叶灯，荷叶灯，今日点了明日扔。又以

青蒿粘香而燃之，恍如万点流萤，谓之蒿子灯。市人之巧者又以各色彩纸制成莲花莲叶花篮鹤鹭之形，谓之莲花灯。谨案《日下旧闻考》：荷叶灯之制自元明以来即有之，今尚沿其旧也。

又其记萨齐玛等云：

萨齐玛乃满洲饽饽，以冰糖奶油合白面为之，形如糯米，用不灰木烘炉烤熟，遂成方块，甜腻可食。芙蓉糕与萨齐玛同，但面有红糖，艳如芙蓉耳。冰糖壶卢乃用竹签贯以葡萄山药豆海棠果山里红等物，蘸以冰糖，甜脆而凉。

记赤包儿等云：

每至十月，市肆之间则有赤包儿斗姑娘等物。赤包儿蔓生，形如甜瓜而小，至初冬乃红，柔软可玩。斗姑娘形如小茄，赤如珊瑚，圆润光滑，小儿女多爱之，故曰斗姑娘。

赤包儿这名字常听小孩们叫，即是栝楼。斗姑娘这种植物在花担上很多见，不知道有无旧名，或者是近来输入亦未可知，日本称作“姬代代”，姬者表细小意的接头语，代代者橙也，此本系茄科，盖言其实如小橙子耳，汉名亦不可考。斗字意不甚可解，或是逗字，在北京音相同，但亦不敢定也。

唐涉江（原名震钧）著《天咫偶闻》，纪北京地理故实，亦颇可看，可与《岁时记》相比，但唐书是《藤阴杂记》一流，又用心要写得雅驯，所以缺少这些质朴琐屑的好处。两者相比，《偶闻》虽或可入著作之林，而自有其门户，还不如《岁时记》之能率性而行也。

民国廿四年除夕，于北平。

【锺校】

①“九”原作“十”。据《燕京岁时记》改，下同。

②“十月的”三字为编者所加。

③“著”原作“莋”。

毛氏说《诗》

民国二十五年元日，阴寒而无风，不免到厂甸去走一趟，结果只买到吾乡潘素心的诗集《不栉吟》正续七卷，此外有若干本丛书的零种。这里边有一本是《西河合集》内的《白鹭洲主客说诗》一卷与《续诗传鸟名卷》三卷。我是在搜集同乡的著作，但是《西河合集》却并没有，说理由呢，其一他是萧山人，不在小同乡的范围内，其二则因为太贵，这种价近百元的大书还没有买过。所以我所有的便只有些零种残本，如尺牍诗词话连厢之类，这本《说〈诗〉》也是我所想要的，无意中得来觉得很可喜，虽然这有如乞儿拾得蚌壳可以当饭瓢，在收藏家看来是不值一笑的。

毛氏说话总有一种"英气"，这很害事，原是很有理的一件事，这样地说便有棱角，虽间有谐趣而缺少重量，算来还是不上算，至于不讨人欢喜尚在其次。提起毛西河恐怕大家总有点厌他善骂，被骂的人不免要回敬一两句，这也是自然的，不过特别奇怪的是全谢山，他那种的骂法又说明是他老太爷的话，真是出奇得很。这很有点难懂，但是也可以找到相类的例。姚际恒著《诗经通论》卷前“论旨”中论列自汉至明诸诗解，关于丰坊有云：

丰氏《鲁诗世学》极骂季本。按季明德《诗学解颐》亦颇平庸，与丰氏在伯仲间，何为骂之，想以仇隙故耶？

毛西河喜骂人，而尤喜骂朱晦庵，《四书改错》是很闻名的一案，虽然《劝戒录》中还没有派他落拔舌地狱或编成别的轮回故事，这实在是他的运气。那说诗的两种恰好也是攻击朱子的，在这一点上与姚首源正是同志，《诗经通论》卷前的这一节话可以做他们共同的声明：

《集传》主淫诗之外其谬戾处更自不少，愚于其所关义理之大者必加指出，其馀则从略焉。总以其书为世所共习，宁可获罪前人，不欲遗误后人，此素志也，天地鬼神庶鉴之耳。

姚最反对淫诗之说，有云：

《集传》只是反《序》中诸诗为淫诗一着耳，其他更无胜《序》处。

毛的《说〈诗〉》中“说淫诗”十二条，占全书五分之三，“说杂诗”四条都是反朱的。《鸟名卷》虽说是释鸟，目标也在《集传》，第一则“关关雎鸠”便云：

《论语》，小子学诗，可以多识于鸟兽草木之名，而朱氏解《大学》格物，又谓当穷致物理，则凡经中名物何一可忽，况显作诗注，岂有开卷一物而依稀鹘突越数千百年究不能指定为何物者。

姚氏于名物不甚措意，其说见于卷前“论旨”中，但与《鸟名卷》颇有因缘，这是很有意思的事。《鸟名卷》序云康熙乙酉重理残卷，姚书序亦写于是年，又毛云：

会钱唐姚彦晖携所著《诗识名解》请予为序，其书甚审博，读而有感，予乃踵前事云云。

姚亦云：

作是编讫，侄炳以所作《诗识名解》来就正，其中有关诗旨者间采数条，足辅予所不逮。

此姚彦晖盖即侄炳。《鸟名卷》之一“燕燕于飞”条下云：

乃燕只一字，其曰燕燕者，两燕也。何两燕？一于归者，一送者。

《诗经通论》卷三引《识名解》云：

《释鸟》曰，燕燕鳦。又《汉书》童谣云，燕燕尾涎涎。按鳦鸟本名燕燕，不名燕，以其双飞往来，遂以双声名之，若周周蛩蛩猩猩狒狒之类，近古之书凡三见而适合，此经及《尔雅》《汉书》是也。若夫单言燕者乃乌也，《释鸟》曰，燕，白脰乌，可据，孔鲋亦谓之燕乌。故以燕燕为两燕及曲为重言之说者，皆非也。

二人皆反对《集传》重言之说，而所主张又各不同，亦颇有趣。西河既见《诗识名解》，不知何以对于燕燕双名之说不加以辩驳也。《鸟名卷》解说“鹑之奔奔”颇有妙解，“奔奔”朱注云居有常匹飞则相随之貌，毛纠正之云：

按鹑本无居，不巢不穴，每随所过，但偃伏草间，一如上古之茅茨不掩者，故《尸子》曰，尧鹑居，《庄子》亦曰，圣人鹑居，是居且不定[①]，安问居匹？若行则鹑每夜飞，飞亦不一，以窜伏无定之禽而诬以行随，非其实矣。

毛氏非师爷，而关于居飞的挑剔大有刀笔气息，令人想起章实斋，不过朱子不认识鹌鹑，以为是鹊类，奔奔彊彊的解释也多以意为之，其被讥笑亦是难怪也。又“鹳鸣于垤”，朱注云：

将阴雨则穴处者先知，故蚁出垤，而鹳就

食，遂鸣于其上也。

毛云：

《禽经》，鹳仰鸣则晴，俯鸣则雨。今第鸣垤，不辨俯仰，其为晴为雨不必问也。但鸣垤为蚁穴知雨，雨必出垤而鹳就食之，则不然。禽凡短咮者能啄虫豸，谓之噣食。岂有大鸟长喙而能噣及蚍蚁者，误矣。

长嘴的鹳啄食蚂蚁，的确是笑话，其实就是短嘴鸟也何尝吃蚂蚁呢？大约蚂蚁不是好吃的东西，所以就是嘴最短的铁嘴麻鸟黄脰等，也不曾看见它们啄食过。晴雨不必问，原是妙语，唯上文云“零雨其濛”，则此语失其效力矣，反不如姚云：

又谓将阴雨则穴处先知之，亦凿，诗已言零雨矣，岂特将雨乎。

又《小雅》“鹤鸣于九皋”，朱注：

鹤鸟名，长颈竦身高脚，顶赤身白，颈尾俱黑。

毛云：

《集注》凡鸟兽草木尽袭旧注而一往多误，惟此鹤则时所习见，疑翼青尾白为非是，遂奋改曰颈尾黑，以其所见者是立鹤，立则敛翼垂尻，其帔黪然，实未尝揭两翮而见其尾也。明儒陈晦伯作《经典稽疑》，调笑之曰，其黑者尾耶？

又《说〈诗〉》末一则亦云：

鹤鸣于九皋，《正义》引陆玑疏谓顶赪翼青身白，而朱氏习见世所畜鹤铩羽而立，皆翼白尾黑者，奋笔改为顶赤颈尾俱黑，公然传之五百年，而不知即此一羽之细已自大误，先生格物安在耶？

姚亦云：

按鹤两翼末端黑，非尾黑也。彼第见立鹤，未见飞鹤，立者常敛其两翼，翼末黑毛垂于后，有似乎尾，故误以为尾黑耳。格物者固如是乎？陈晦叔《经典稽疑》已驳之。

鹤尾本微物，但是这个都不知道，便难乎其为格物君子了。名物之学向来为经学的附庸，其实却不是不重要的，有如中学课程中的博物，学得通时可以明了自然的情状，更能够知道世事。若没有这个，只懂得文字，便不大改得过秀才气质也。毛姚二君又有关于“七月在野”四句的解说，亦有新意，但以事关昆虫，抄来又太长，故只得从略，亦可惜也。

廿五年一月四日，在北平。

【锺校】

①“定”原作“足”。

关于纸

答应谢先生给《言林》写文章，却老没有写。谢先生来信催促了两回，可是不但没有生气，还好意地提出两个题目来，叫我采纳。其一是因为我说爱读谷崎润一郎的《摄阳随笔》，其中有《文房具漫谈》一篇，“因此想到高斋的文房之类，请即写出来，告诉南方的读者何如?”

谢先生的好意我很感激，不过这个题目我仍旧写不出什么来。敝斋的文房具压根儿就无可谈，虽然我是用毛笔写字的，照例应该有笔墨纸砚。砚我只有一块歙石的，终年在抽斗里歇着，平常用的还是铜墨盒。笔墨也很寻常，我只觉得北平的毛笔不禁用，未免耗费。墨则没有什么问题，一两角钱一瓶的墨汁固然可以用好些日子，就是浪费一点买锭旧墨“青麟髓”之类，也着实上算，大约一两年都磨不了，古人所谓非人磨墨墨磨人，实在是不错的话。比较觉得麻烦的就只是纸，这与谷崎的漫谈所说有点相近了。

因为用毛笔写字的缘故，光滑的洋纸就不适宜，至于机制的洋连史更觉得讨厌。洋稿纸的一种毛病是分量重，如谷崎所说过的，但假如习惯用钢笔，则这缺点[①]也只好原谅了吧。洋连史分量仍重而质地又脆，这简直就是白有光纸罢了。中国自讲洋务以来，印书最初用考贝纸，其次是有光纸，进步至洋连史而止，又一路是报纸，进步至洋宣而止，还有米色的一种，不过颜色可以唬人，纸质恐怕还不及洋宣的结实罢。其实这岂是可以印书的呢？看了随即丢掉的新闻杂志，御用或投机的著述，这样印本来也无妨，若是想要保存的东西，那就不行。拿来写字，又都不合适。照这样情形下去，我真怕中国的竹纸要消灭了。中国的米棉茶丝瓷现在都是逆输入了，墨用洋烟，纸也是洋宣洋连史，市上就只还没有洋毛笔而已。

本国纸的渐渐消灭似乎也不只是中国，日本大约也有同样的趋势。日前在《现代随笔全集》中见到寿岳文章的一篇《和纸复兴》，当初是登在月刊《工艺》上边的。这里边有两节云：

我们少年时代在小学校所学的手工里有一种所谓纸捻细工的。记得似乎可以做成纸烟匣这类的东西。现在恐怕这些都不成了吧。因为可以做纸捻的②材料几乎在我们的周围全已没有了。商家的账簿也已改为洋式簿记了。学童习字所用的纸差不多全是那脆弱的所谓“改良半纸”。(案即中国所云洋连史也。)在现今都用洋派便笺代了卷纸，用茶褐色洋信封代了生漉书状袋的时代，想要随便搓个纸捻也就没有可以搓的东西了。和纸已经离我们的周围那么远了，如不是特地去买了和纸来，连一根纸捻也都搓不成了。

放风筝是很有趣的。寒冬来了，在冻得黑黑的田地上冷风呼呼地吹过去的时候，乡间的少年往往自己削竹糊纸，制造风筝。我还记得，站在树荫底下躲着风，放上风筝去，一下子就挂在很高的山毛榉的树上了。但是用了结实的和纸所做的风筝就是少微挂在树枝上，也不会得就破的。即使是买来的，也用相当地坚固的纸。可是现今都会的少年买来玩耍的风筝是怎样呢？只要略略碰了电线一下，戳破了面颊的爆弹三勇士便早已瘪了嘴要哭出来了。

这里所谓和纸本来都是皮纸，最普通的是“半纸”，又一种色微黑而更坚韧，名为“西之内”，古来印书多用此纸。这大都用木质，所以要比中国的竹质的好一点，但是现今同样地稀少了，所不同的是日本的

“改良半纸”之类都是本国自造，中国的洋连史之类大半是外国代造罢了。

日本用“西之内”纸所印的旧书甚多，所以容易得到，废姓外骨的著述虽用铅印而纸则颇讲究，普通和纸外有用杜仲纸者，近日买得永井荷风随笔曰《雨潇潇》，亦铅印而用越前国楮纸，颇觉可喜。梁任公在日本时用美浓纸印《人境庐诗草》，上虞罗氏前所印书亦多用佳纸，不过我只有《雪堂砖录》等数种而已。中国佳纸印成的书我没有什么，如故宫博物院以旧高丽纸影印书画，可谓珍贵矣，我亦未有一册。关于中国的纸，我并不希望有了不得的精品，只要有黄白竹纸可以印书，可以写字，便已够了。洋式机制各品自无妨去造，但大家勿认有光纸类为天下第一珍品，此最是要紧。至于我自己写文章但要轻软吃墨的毛边纸为稿纸耳，他无所需也。

民国廿五年一月八日。

【锺校】

①“点”原作“笔”。

② 原无“的”字，今增。

谈策论

自从吴稚晖先生提出土八股洋八股的名称以来，大家一直沿用，不曾发生过疑问，因为这两种东西确实存在，现在给他分类正名，觉得更是明了了。但是我有时不免心里纳闷，这两个名称虽好，究竟还是诨名，他们的真姓名该是什么。土八股我知道即是经义，以做成散文赋似的八对股得名，可是洋八股呢，这在中国旧名词里叫做什么的呢？无意之中，忽然想到，真是——踏破铁鞋无觅处，得来全不费工夫，原来这洋八股的本名就只是策论。顶好的证据是，前清从前考试取士用八股文，后来维新了要讲洋务的时候改用策论，二者同是制艺或功令文，而有新旧之别，亦即是土洋之异矣。不过这个证据还是随后想到的，最初使我得到这新发见的是别人的偶然一句闲话。我翻阅冯班的《钝吟杂录》，卷一《家戒》上有一则，其上半云：

士人读书学古，不免要作文字，切忌勿作论。成败得失，古人自有成论，假令有所不合，阙之可也，古人远矣，目前之事犹有不审，况在百世之下而欲悬定其是非乎？

何义门评注云："此亦名言。"此其所以为名言据我想是在于教人切勿作论。做策论的弊病我也从这里悟出来，这才了解了与现代洋八股的关系。同是功令文，但做八股文使人庸腐，做策论则使人谬妄，其一重在模拟服从，其一则重在胡说乱道也。专做八股文的结果只学会按谱填词，应拍起舞，里边全没有思想，其做八股文而能胡说乱道者，仍靠兼做策论之力也。八股文的题目只出在经书里，重要的实在还只是四书，策论范围便很大了，历史政治伦理哲学玄学是一类，经济兵制水利地理天文等是一类，一个人哪里能够知道得这许多，于是只好以不知为知，后来也就居然自以为知，胡说乱道之后继以误国殃民。那些对空策的把"可得而言欤"改做"可得而言也"去缴卷，还只庸腐而已，比较起来无妨从轻发落。钝吟上边所说单是史论一种，弊病已经很大，或者这本来是策论中顶重要的一种也未可知。我们小时候学做管仲论汉高祖论，专门练习舞文弄墨的勾当，对于古代的事情胡乱说惯了，对于现在的事情也那么地说，那就很糟糕了。洋八股的害处并不在他的无聊瞎说，乃是在于这会变成公论。朱子《语类》中有云：

秀才好立虚[①]论事，朝廷才做一事，哄哄地哄过了又只休，凡事皆然。

又云：

真能者未必能言，文士虽未必能，却口中说得，笔下写得，足以动人听闻，多至败事。

可见宋朝已是如此，但是时代远了，且按下不表，还是来引近时的例吧。“芦泾遁士”原是清季浙西名士，今尚健在，于光绪甲午乙未之际著《求己录》三卷，盖取孟子祸福无不自己求之之意，其卷下“言公论难从”节下有论曰：

士大夫平日未尝精究义理，所论虽自谓不偏，断难悉合于正，如《左传》所引君子曰及马班诸史毁誉褒贬，名为公论，大半杂以偏见，故公论实不可凭。……夫因循坐误，时不再来，政事有急宜更张者，乃或徇公论而姑待之，一姑待而机不再来矣。百病婴身，岂容斗力，用兵有明知必败者，乃竟畏公论而姑试之，一姑试而事不可救矣。济济公卿，罕读《大学》知止之义，胸无定见，一念回护，一念徇俗，甚至涕泣彷徨，终不敢毅然负谤，早挽狂澜，而乘艰危之来巧盗虚名者，其心尤不胜诛。

注中又有云：

山左米协麟有言，今日之正言谠论，皆三十年后之梦呓笑谈。

自乙未到现在已整四十年了，不知今昔之感当何如，米君的意见似犹近于乐观也。

《求己录》下卷中陶君的高见尚多，今不能多引。读书人以为自己无所不知，又反正只是口头笔下用力，无妨说个痛快，此或者亦是人情，然而误事不少矣。古人云，耕当问奴，织当问婢，此即是孔子说吾不如老农老圃之意。何况打仗，这只好问军事专家了，而书生至今好谈兵，盖是秀才的脾气，朱晦庵原也是知道了的。我听说山西有高小毕业会考，国文试题曰《明耻教战论》，又北平有大学招考新生，国文试题曰《国防策》。这是道地的洋八股，也是策论的正宗，这样下去，大约哄哄地攘臂谈天下事的秀才是不会绝迹的，虽然我们所需要的专门知识与一般常识之养成是很不容易希望做到。

中国向来有几部书我以为很是有害，即《春秋》与《通鉴纲目》，《东莱博议》与胡致堂的《读史管见》，此外是《古文观止》。孔子作《春秋》而乱臣贼子惧，本是一句谎话，朱子又来他一个续编，后世文人作文便以笔削自任，俨然有判官气象，《博议》《管见》乃是判例，《观止》则各式词状也。这样养成的文章思想便是洋八股，其实他还是真正国货，称之曰洋未免冤枉。这种东西不见得比八股文好，势力却更大，生命也更强，因为八股文只寄托在科举上，科举停了也就了结，策论则到处生根，不但不易拔除，且有愈益繁荣之势。他的根便长在中国人的秀才气质上，这叫人家如何能拔乎。我对于洋八股也只能随便谈谈，实在想不出法子奈何他，盖欲木之茂者必先培其本根，而此则本根甚[②]固也。

廿五年一月。

【锺校】

①“立虚”二字据《朱子语类》补。

②“甚”原作“其”。

螟蛉与萤火

中国人拙于观察自然，往往喜欢去把他和人事连接在一起。最显著的例，第一是儒教化，如乌反哺，羔羊跪乳，或枭食母，都一一加以伦理的解说。第二是道教化，如桑虫化为果蠃，腐草化为萤，这恰似“仙人变形”，与六道轮回又自不同。李元著《蠕范》卷二有“物化”一篇，专记这些奇奇怪怪的变化，其序言云：

> 天地一化境也，万物一化机也。唯物之化，忽失其故，无情而有，有情而无，未不虞来，既不追往，各忽忽不自知而相消长也。

话说得很玄妙，觉得不大了然，但是大家一般似乎都承认物化，普通过继异姓子女就称为螟蛉子，可见通行得久远了。关于腐草为萤也听见过这故事，云有人应考作赋以此为题，向友人求材料，或戏语之云，青青河畔草，君子之德风，小人之德草，囊萤照读，皆是。此人即写道：昔年河畔，曾叨君子之风；今日囊中，复照圣人之典。遂以此考取第一云。读书人从前大抵都知道这件故事，因为这是文章作法上的一条实例，至于老百姓则相信牛粪变萤火，或者因乡间无腐草故转变为性质相似的牛粪亦未可知，其实盖见牛粪左近多为“火萤虫”所聚集故耳。

自然科学在中国向不发达，我恐怕在“广学会”来开始工作以前，中国就不曾有过独立的植物或动物学。这在从前只附属于别的东西，一是经部的《诗经》与《尔雅》，二是史部的地志，三是子部的农与医。地志与农学没有多少书，关于不是物产的草木禽虫更不大说及，结果只有《诗经》《尔雅》的注笺以及《本草》可以算是记载动植物事情的书籍。现在我们想问问关于物化他们的意见如何。《诗·小雅》“小宛”云，螟蛉有子，蜾蠃负之。注疏家向来都说蜾蠃是个老鳏夫，他硬去把桑虫的儿子抱来承继，给他接香烟。只有宋严粲的《诗缉》引了《解颐新语》，辨正旧说，云蜾蠃自有细卵如粟，寄螟蛉之身以养之，非螟蛉所化，而后之说诗者却都不接受，毛晋在《毛诗陆疏广要》卷下之下历举诸说后作断语云：

若细腰土蜂借他虫咒为己子，古今无异，陶

隐居异其说，范处义附之，不知破窠见有卵如粟及死虫，盖变与未变耳。

此语殊支离，然以后似竟无人能识其误，即较多新意见的姚际恒方玉润亦均遵循旧说，其他不必说了。《本草纲目》卷三十九虫部蠮螉下，首列陶弘景说，韩保升寇宗奭赞成，李含光苏颂反对，李时珍结论亦以陶说为正，可以说多数通过了，即此可知医家中似比儒生更多明白人。《尔雅》释虫，蜾蠃蒲卢，螟蛉桑虫。这显然是在释诗，注《尔雅》的自然也都是这种说法，邢昺《疏》陆佃《埤雅》皆是，唯罗愿《尔雅翼》卷二十六云：

案陶氏之说实当物理，……然诗之本旨自不如此，而笺疏及扬子云之说疏矣。

想对于陶隐居的“造诗者未审”这句话加以辨解，本可不必，但他知道陶说之合于物理，可谓有识。邵晋涵的《尔雅正义》刻于乾隆戊申（一七八八），他的意见却比罗端良更旧。卷十六引郑笺陆疏陶弘景苏颂及《法言》各说后云：

扬雄所说，即诗教诲尔子式谷似之之义，合诸《庄子》《淮南》，则知化生之说不可易矣。

这里我们就得特别提出郝懿行的《尔雅义疏》来。郝氏《晒书堂文集》卷二有一篇“与孙渊如观察书”，时为嘉庆戊辰，正是戊申的二十年后，中有一节云：

《尔雅正义》一书足称该博，犹未及乎研精，至其下卷尤多影响。懿行不揆梼昧，创为《略义》，不欲上掩前贤，又不欲如刘光伯之规杜过，用是自成一书，不相因袭，性喜简略，故名之《尔雅略义》（案即《义疏》原名）。尝论孔门多识之学殆成绝响，唯陆元恪之《毛诗疏》，剖析精微，可谓空前绝后。盖以故训之伦无难钩稽搜讨，乃至虫鱼之注，非夫耳闻目验，未容置喙其间，牛头马髀，强相附会，作者之体又宜舍诸。少爱山泽，流观鱼鸟，旁涉夭条，靡不覃研钻极，积岁经年，故尝自谓《尔雅》下卷之疏几欲追踪元恪。陆农师之《埤雅》，罗端良之《翼雅》，盖不足言。

这里批评《正义》固然很对，就是自述也确实不是夸口，盖其讲虫鱼多依据耳闻目验，如常引用民间知识及俗名，在别家笺注中殆不可得。邵氏自序中亦夸说云：

草木虫鱼鸟兽之名，古今异称，后人辑为专书，语多皮傅，今就灼知傅实者，详其形状之殊，辨其沿袭之误。

这与乾隆辛卯（一七七一）刻《毛诗名物图说》中

徐鼎自序所云，“凡钓叟村农，樵夫猎户，下至舆台皂隶，有所闻必加试验而后图写”，正是一样，然而成绩都不能相副，徐[1]氏图不工而说亦陈旧，邵氏虫鱼之注仍多“影响”，可见实验之不易谈也。《尔雅义疏》下之三关于果蠃赞成陶隐居之说，案语云：

牟应震为余言，尝破蜂房视之，一如陶说，乃知古人察物未精，妄有测量。又言其中亦有小蜘蛛，则不必尽取桑虫。诗人偶尔兴物，说者自不察耳。

虽然仍为作诗者开脱，却比《尔雅翼》说得更有情理，盖古代诗人虽然看错自可原谅，后世为名物之学者犹茫然不知，或更悍然回护旧说，那就很有点讲不过去了。

《尔雅》，荧火即炤。郭注，夜飞，腹下有火。郭景纯在这里没有说到他的前身和变化，后来的人却总不能忘记《月令》的“季夏之月腐草为萤”这句话，拿来差不多当作唯一的注脚。邢《疏》，陆《新义》及《埤雅》，罗《尔雅翼》，都是如此。邵《正义》不必说了，就是王引之的《广雅疏证》也难免这样。更可注意的是本草家，这一回他们也跳不出圈子了。《本草纲目》四十一引陶弘景曰：

此是腐草及烂竹根所化。初时如蛹，腹下已

有光，数日变而能飞。

李时珍则详说之曰：

萤有三种。一种小而宵飞，腹下光明，乃茅根所化也。《吕氏月令》所谓腐草化为萤者是也。一种长如蛆蠋，尾后有光，无翼不飞，乃竹根所化也，一名蠲，俗名萤蛆，《明堂月令》所谓腐草化为蠲者是也，其名宵行，茅竹之根夜视有光，复感湿热之气，遂变化成形尔。一种水萤，居水中，唐李子卿《水萤赋》所谓彼何为而化草，此何为而居泉，是也。

我们再查《尔雅义疏》，则曰：

陶说非也。今验萤火有二种，一种飞者形小头赤，一种无翼，形似大蛆，灰黑色，而腹下火光大于飞者，乃《诗》所谓宵行，《尔雅》之即炤亦当兼此二种，但说者止见飞萤耳。又说茅竹之根夜皆有光，复感湿热之气，遂化成形，亦不必然。盖萤本卵生，今年放萤火于屋内，明年夏细萤点点生光矣。

此是何等见识，虽然实在也只是常识，但是千百年来没有人能见到，则自不愧称为研精耳。不过下文又云：

《夏小正》云，丹鸟羞白鸟。丹鸟谓丹良，

白鸟谓蚊蚋。《月令疏》引皇侃说，丹良是萤[2]火也。

于此别无辨解，盖对于《夏小正》文不发生疑问。《本草纲目》四十一“蚊子”下，李时珍曰，“萤火蝙蝠食之”，意亦相同。罗愿却早有异议提出，《尔雅翼》二十六“蚊”下云：

《夏小正》云，丹鸟羞白鸟。丹鸟萤也，白鸟蚊也。谓萤以蚊为羞粮，则未知其审也。

二十七“萤”下又云：

《夏小正》曰，丹鸟羞白鸟。此言萤食蚊蚋。又今人言，赴灯之蛾以萤为雌，故误赴火而死。然萤小物耳，乃以蛾为雄，以蚊为粮，皆未可轻信。

此亦凭常识即可明了，郝君惜未虑及，正如《义疏》在螟螣蟊贼节下仍信“蝨子遇旱还为蝨，遇水即为鱼”，不免是千虑之一失耳。

廿五年一月十四日，于北平记。

［补记］顷查季本的《说诗解颐》字义卷六，《小宛》三章下注云：

旧说蜾蠃取桑虫负之于木空中，七日而化为其子，其说盖本陆玑《虫鱼疏》，而范氏《解颐新语》乃曰云云，此其为说似尝究物理者。然自庄列扬雄皆有纯雌自化类我速肖之说，则其来已久而非起于汉儒矣，且与诗义相合，岂范氏所言别是一虫而误指为蜾蠃欤？不然则蜾蠃之与螟蛉有互相育化之理邪？姑两存之。

其说模棱两可，但较蛮悍的已稍胜，故特为抄出。

一月二十日又记。

【锺校】

①“徐”原作“陈”。

②“萤”原作“荧”。

《窦存》

胡式钰的《窦存》四卷从前时常看到，却总没有买，因为不是价贵，就是纸太劣。其实这种书的价钱本来不会怎么贵的，不过我觉得他不能值这些，那就变成贵了，前几天才买了一部，在还不算贵的范围内。这书刻于道光辛丑，距今才九十五年，正是清朝学术中落时期，其时虽然也有俞理初龚定庵魏默深蒋子潇等人来撑撑场面，就一般的知识讲未免下降了。我们读《窦存》时颇有此感，自然就是在乾嘉时也是贤愚不齐，不见得人人都有见识，只是到了衰季更易感到，或者由于主观也不可知。

《窦存》分为书诗事语四类，其《语窦》一卷列举俗语的出典，如《恒言录》之流，而范围较宽，最无可非议。《诗窦》所谈间有可取，《书窦》多卫道之言，可谓最下，《事窦》则平平耳，大抵多讲报应怪异，一般文人的“低级趣味”都如此，不必单责胡氏也。卷一论东坡非武王，阎百诗议子游子夏，钱莘楣议程伊川，卷二论人或嗤昌黎以文为诗，皆大不以为然，其理由则不外“何得轻议大贤人”，其议论可想见了。说诗处却有佳语，如卷二云：

杨升庵谓杜子美滕王亭诗，春日莺啼修竹里，仙家犬吠白云间，予常怪修竹本无莺啼，后见孙绰兰亭诗，啼莺吟修竹，乃知杜老用此也，读书不多未可轻议古人。此升庵薄子美厚孙绰也。子美言之不足信，孙绰言之始足信，孙绰又本何书欤？且诗境贵真，使其时莺非啼竹而强言之，谓前人曾有此说，特因袭而已。前人未有此说而我自目击其境，斯言之正亲切耳。吾且谓子美当日有目中之莺啼修竹，而不必有孙绰之莺啼修竹可也。固哉，升庵之说诗也。

又有云：

予题汤都督《琴隐图》云，碑括前皇篆。一徒请括字来历，予曰，史皇造字即来历，前人经史等载籍岂别有来历耶。

这都说得很好，有自己的见识。但是这自信似乎不很坚，有时又说出别样的话，如云：

宋[1]叶適诗云，应嫌屐齿印苍苔。按汉杜林高节不仕，居一室，阶有绿苔，甚爱之，辄谓人曰，此可以当铺翠耳。人有蹑屐者，曰，勿印破之。盖叶诗印字本此。

书眉上有读者批曰："即无本亦好。"此读者不知系何人，唯卷首有一印，白文四字云，"咸弼过目"，盖即其名也。又有一条云：

朱庆馀诗云，洞房昨夜停红烛。杜牧诗云，空堂停曙灯。停字当本陆机《演连珠》，兰膏停空，不思衔烛之龙。

批曰："此等字在作者只知用来稳惬，不必先有所本，乃偶然暗合也。"批语两次纠正，很有道理。胡氏论诗极推重陶公，有云：

东坡曰，吾于诗人无所好，好渊明诗。式钰谓吾于诗人无不好，尤好渊明诗。吾于诗人诗各有好有不好，有好无不好唯渊明诗。

语虽稍笼统，我却颇喜欢，因为能说得出爱陶诗者的整个心情也。

卷三所记有关于民间信仰风俗者，亦颇可取。如记佣工赵土观谈上海二十一保二十七图陈宅鬼仙有云：

去年（己亥）夏其家男女出耕，鬼在田中，予闻往听，鬼称予土观，予笑，鬼云，勿好笑，遂彼此寒暄数语。顷之谓其家人，我回椁，尔等当回家饭也，耕佣无不闻者。往往二三日便回鬼门关，来时声喜，去时声悲，必嘱其家人曰，为善毋恶，阴司有簿记之。

这是很好的关于死后生活的资料，如鬼门关（据云其地甚苦），鬼回椁休息，阴司有簿记善恶，皆是也。又一则云：

世间妇女言灶神每月上天奏人善恶，故与人仇，灶诅之，有求，灶祷之。又岁杪买饧，择谷草之实制焙和之，俟新岁客来佐茶，故买饧于腊。腊月二十四日饯灶神上天，遂用饧，荐时义也，乃谓恐神诉恶，借胶其口，何鄙说之可笑乎。然俗之为恶概可想见。

此一节也记得颇有意思，只是末尾说得太是方巾气，其实未必一定为恶，人总怕被别个去背地里说些什么，此种心理在做媳妇的一定更深切地感到，也自难怪她们想用大麦糖去胶住那要说闲话的人的嘴巴罢。

卷一《书窦》的第一条是讲考证的，虽然讲得很有趣，可是有点不对。其文云：

《晋书》，贾充有儿黎民三岁，乳母抱之当阁，充就而拊之。《世说》云，充就乳母手中呜之。拊呜各通，盖谓拊其儿作呜呜声以悦之也，犹《荀子》拊循之唲呕之义，然呜字耐味。杜牧之遣兴诗，浮生长忽忽，儿小且呜呜。

拊鸣原是两件事，我想《世说》作呜是对的，《晋书》后出，又是官书，故改作较雅驯的拊字罢了。查世俗顶有势力的《康熙字典》和商务《辞源》，呜字下的确除呜呜等以外没有他训，但欠部里有一个歍字，《字典》引《说文》云，一曰口相就也。案《说文解字》八篇下云：

歍，心有所恶若吐也，从欠，乌声。一曰歍𣤹，口相就也。（段注，谓口与口相就也。）𣤹，歍𣤹也，从欠，𪓐声。噈，俗𣤹，从口从就。

《辞源续编》始出一歍字，引《说文》为训，而噈字始终不见，我把正续编口部从十一画至十三画反复查过，终于没有找到这个字。查《广韵》噈下云，歍噈，口相就也。《玉篇》噈下云，呜噈也。到这里，口旁的呜字已替代了欠旁的字，虽然正式当然是连用，但后来大抵单用也可以了。这里说后来，其实还应该改正，因为单用的例在隋唐之前。《世说新语》下"惑溺第三十五"即其一。佛经律部的《四分律藏》卷四十九云：

时有比丘尼在白衣家内住，见他夫主共妇呜口，扪摸身体，捉捺乳。

这部律是姚秦时佛陀耶舍共竺法念所译，在东晋末年，大约与陶渊明同时，所以这还当列在宋临川王的前面。唐义净译的《根本说一切有部毗奈耶》卷三十八亦有云：

> 问言少女何意毁篱，女人便笑，时邬波难陀染心遂起，即便捉臂，遍抱女身，呜咂其口，舍之而去。

据此可知呜字当解作亲嘴，今通称接吻，不知何来此文言，大约系接受日本的新名词，其实和文亦本有"口附"（Kuchizuke）一字，胜于此不古不今的汉语也。

廿五年一月。

【锺校】

①"宋"原作"唐"。

关于家训

古人的家训这一类东西我最喜欢读，因为在一切著述中这总是比较的诚实，虽然有些道学家的也会益发虚假得讨厌。我们第一记起来的总是见于《后汉书》的马援《诫兄子严敦书》，其中有云：

> 龙伯高[1]敦厚周慎，口无择言，谦约节俭，廉公有威，吾爱之重之，愿汝曹效之。杜季良豪侠好义，忧人之忧，乐人之乐，清浊无所失，父丧致客，数郡毕至，吾爱之重之，不愿汝曹效也。效伯高不得，犹为谨敕之士，所谓刻鹄不成尚类鹜者也。效季良不得，陷为天下轻薄子，所谓画虎不成反类狗者也。

这段文章本来很有名，因为刻鹄画虎的典故流传很广，但是我觉得有意思的乃是他对于子侄的诚实的态度，他同样的爱重龙伯高杜季良，却希望他们学这个不学那个，这并不是好不好学的问题，实在是在计算利害，他怕豪侠好义的危险，这老虎就是画得像，他也是不赞成的。故下文即云：

讫今季良尚未可知，郡将下车辄切齿，州郡以为言，吾常为寒心，是以不愿子孙效也。

后人或者要笑伏波将军何其胆怯也，可是他的态度总是很老实近人情，不像后世宣传家自己猴子似的安坐在洞中只叫猫儿去抓炉火里的栗子。我常想，一个人做文章，要时刻注意，这是给自己的子女去看去做的，这样写出来的无论平和或激烈，那才够得上算诚实，说话负责任。谢在杭的《五杂组》卷十三有云：

今人之教子读书，不过取科第耳，其于立身行己不问也。……非独今也，韩文公有道之士也，训子之诗有一为公与相，潭潭府中居之句，而俗诗之劝世者又有书中自有黄金屋等语，语愈俚而见愈陋矣。

这也可以算是老实了罢，却又要不得，殆伪善之与怙恶，亦犹过与不及欤。

陶集中《与子俨等疏》实是一篇好文章，读下去只恨其短，假如陶公肯写得长一点，成一两卷的书，那么这一定大有可观，《颜氏家训》当不能专美了。其实陶诗多说理，本来也可抵得他的一部语录，我只因为他散文又写得那么好，所以不免起了贪心，很想多得一点看看，乃有此妄念耳。《颜氏家训》成于隋初，是六朝名著之一，其见识情趣皆深厚，文章亦佳，赵敬夫作注将以教后生小子，卢抱经序称其委曲近情，纤悉周备，可谓知言。伍绍棠跋彭兆荪所编《南北朝文钞》云：

> 窃谓南北朝人所著书多以骈俪行之，亦均质雅可诵，如范蔚宗沈约之史论，刘勰《文心雕龙》，钟嵘《诗品》，郦道元《水经注》，杨衒之《洛阳伽蓝记》，斯皆篇章之珠泽，文采之邓林，诚使勒为一书，与此编相辅而行，足为词章家之圭臬。

这一番话很合我的意思，就只漏了一部《颜氏家训》。伍氏说六朝人的书用骈俪而质雅可诵，我尤赞成。韩愈文起八代之衰，其文章实乃虚骄粗犷，正与质雅相反，即《盘谷序》或《送孟东野序》也是如此。唐宋以来受了这道统文学的影响，一切都没有好事情，家训因此亦遂无什么可看的了。

从前在《涵芬楼秘笈》中得一读明霍渭崖家训，觉得通身不愉快。此人本是道学家中之蛮悍者，或无足怪，但其他儒先训迪亦是百步五十步之比。在明末清初我遇见了两个人，傅青主与冯钝吟，傅集卷二十五为《家训》，冯有《家戒》两卷，又《诫子帖》

《遗言》等，收在《钝吟杂录》中。青主为明遗老中之铮铮者，通二氏之学，思想通达，非凡夫所及。钝吟虽儒家而反宋儒，不喜宋人论史及论政事文章的意见，故有时亦颇有见解能说话。《家戒》上第一节类似小引，其下半云：

> 我无行，少年不自爱，不堪为子弟之法式，然自八九岁读古圣贤之书，至今六十馀年，所知不少，更历事故，往往有所悟。家有四子，每思以所知示之。少年性快，老人谆谆之言非所乐闻，不至头触屏风而睡，亦已足矣。无如之何，笔之于书，或冀有时一读，未必无益也。

我们再看《颜氏家训》的“序致第一”云：

> 夫圣贤之书教人诚孝，慎言检迹，立身扬名，亦已备矣。魏晋已来所著诸子，理重事复，递相模效，犹屋下架屋，床上施床耳。吾今所以复为此者，非敢轨物范世也，业以整齐门内，提撕子孙。夫同言而信，信其所亲，同命而行，行其所服。禁童子之暴谑，则师友之诫不如傅婢之指挥；止凡人之斗阋，则尧舜之道不如寡妻之诲谕。吾望此书为汝曹之所信，犹贤于傅婢寡妻耳。

两相比较，颜文自有胜场，冯理却亦可取，盖颜君自信当为子孙所信，冯君则不是这样乐观，似更懂得人情物理也。陶渊明《杂诗十二首》之六云：

昔闻长者言，掩耳每不喜，

奈何五十年，忽已亲此事。

义大利诗人勒阿巴耳地（G. Leopardi）曾云，儿子与父亲决不会讲得来，因为两者年龄至少总要差二十岁。这都足以证明冯君的忧虑不是空的，“无如之何，笔之于书，或冀有时一读”，乃实为写家训的最明达勇敢的态度，其实亦即是凡从事著述者所应取的态度也。古人云，藏之名山传诸其人，原未免太宽缓一点，但急于求效，强聒不舍，至少亦是徒然。诗云：

风雨凄凄，鸡鸣喈喈，

既见君子，云胡不夷。

王瑞玉夫人在《诗问》中释曰：

故人未必冒雨来，设辞尔。

钝吟居士之意或亦如此，此正使人觉得可以佩服感叹者也。

廿五年一月十七日，于北平书。

【锺校】

①“高”原作“良”，下同。

郁冈斋《笔麈》

《宇宙风》新年号“二十四年爱读书”中有王肯堂的《笔麈》一种，系叶遐庵先生所举，原附有说明云：

> 明朝人的著述虽很有长处，但往往犯了空疏浮诞的通病，把理解和事实通通弄错。王肯堂这一部书，不但见地高超，而且名物象数医工等等，都由实地研究而发生很新颖坚确的论断，且其态度极为忠实。王肯堂生当明末，好与利玛窦等交游，故他的治学方法大有科学家的意味。这是同徐光启李之藻金声等都是应该推为先觉的，所以我亦很喜欢看这部书。

我从前只知道王肯堂是医生，对于他的著作一直不注意，这回经了遐庵先生的介绍，引起我的好奇心，便去找了一部来看。原书有万历壬寅（一六〇二）序文，民国十九年（一九三〇）北平图书馆用铅字排印，四卷两册实价三元，只是粉连还不是机制的，尚觉可喜。《笔麈》的著者的确博学多识，我就只怕这有许多都是我所不懂的。第一，例如医，我虽然略略喜欢涉猎医药史，却完全不懂得中国旧医的医理，我知道一点古希腊的医术情形，这多少与汉医相似，但那个早已蜕化出去，如复育之成为“知了”了。第二是数、历、六壬、奇门、阳宅等，皆所未详。第三是佛教，乃是有志未逮。我曾论清初傅冯二君云：

> 青主为明遗老中之铮铮者，通二氏之学，思想通达，非凡夫所及，钝吟虽儒家而反宋儒，不喜宋人论史及论政事文章的意见，故有时亦颇有见解，能说话。

我们上溯王阳明、李卓吾、袁中郎、钟伯敬、金圣叹，下及蒋子潇、俞理初、龚定庵，觉得也都是如此。所以王君的谈佛原来不是坏事，不过正经地去说教理禅机，便非外行的读者所能领解，虽然略略点缀却很可喜，如卷四引不顺触食说东坡的“饮酒但饮湿”，又引耳以声为食说《赤壁赋》末“所共食”的意思，在笔记中均是佳作。归根结蒂，《笔麈》里我所觉得有兴趣的实在就只是这一部分，即说名物谈诗文发意见的地方，恐怕不是著者特长之所在，因为在普通随笔中这些也多有，但是王君到底自有其见解，与一般随波逐流人不同，此我所以仍有抄录之机会也。卷四有两则云：

文字中不得趣者便为文字缚，伸纸濡毫，何异桎梏。得趣者哀愤侘傺皆于文字中销之，而况志满情流，手舞足蹈者哉。

《品外录》录孙武子《行军篇》，甚讶其不伦，后缀欧阳永叔《醉翁亭记》，以为记之也字章法出于此也。何意眉公弃儒冠二十年，尚脱头巾气不尽。古人弄笔，偶尔兴到，自然成文，不容安排，岂关仿效。王右军《笔阵图帖》谓凝神静思，预想字形，大小偃仰，平直振动，令筋脉相连，意在笔前，然后作字。吾以为必非右军之言。若未作字先有字形，则是死字，岂能造神妙耶。世传右军醉后以退残笔写《兰亭序》，旦起更写皆不如，故尽废之，独存初本。虽未必实，然的有此理。吁，此可为得趣者道也。夫作字不得趣，书佣胥吏也，作文不得趣，三家村学究下初缀对学生也。

此言很简单而得要领，于此可见王君对于文学亦是大有见识。其后又有云：

四月四日灯下独坐，偶阅袁中郎《锦帆集》，其论诗云，物真则贵，真则我面不能同君面，而况古人之面貌乎。唐自有诗也，不必选体也；初盛中晚自有诗也，不必初盛也；李杜王岑钱刘下逮元白卢郑各自有诗也，不必李杜也。赵宋亦然，陈欧苏黄诸人有一字袭唐者乎，又有一字相袭者乎。至其不能为唐，殆是气运使然，犹唐之不能为选，选之不能为汉魏耳。今之君子乃欲概天下而唐之，又且以不唐病宋。夫既以不唐病宋矣，何不以不选病唐，不汉魏病选，不三百篇病汉，不结绳鸟迹病三百篇耶？读未终篇，不觉击节曰，快哉论也，此论出而世之称诗者皆当赪面咋舌退矣。

案此论见卷四《与丘长孺书》中，与《小修诗序》所说大旨相同，主意在于各抒性灵，实即可为上文所云得趣之解说也。不过这趣与性灵的说法，容易了解也容易误解，不，这或者与解不甚相关，还不如说这容易得人家赞成附和或是“丛诃攒骂”。最好的例是朱彝尊，在《静志居诗话》卷十六“袁宏道”条下云：

《传》有言，琴瑟既敝，必取而更张之，诗文亦然，不容不变也。隆万间王李之遗派充塞，公安昆弟起而非之，以为唐自有古诗，不必选体；中晚皆有诗，不必初盛；欧苏陈黄各有诗，不必唐人。唐诗色泽鲜妍，如旦晚脱笔砚者，今诗才脱笔砚，已是陈言，岂非流自性灵与出自剽拟，所从来异乎。一时闻者涣然神悟，若良药之解散而沉疴之去体也。乃不善学者取其集中俳谐调笑之语，……是何异弃苏合之香取蛣蜣之转耶。

这里他很赞同公安派的改革，所引用的一部分也即是《与丘长孺书》中的话。卷十七“钟惺”条下又云：

《礼》云，国家将亡，必有妖孽；非必日蚀星变龙漦鸡祸也，惟诗有然。万历中公安矫历下娄东之弊，倡浅率之调以为浮响，造不根之句以为奇突，用助语之辞以为流转，着一字务求之幽晦，构一题必期于不通，《诗归》出一时纸贵，闽人蔡复一等既降心以相从，吴人张泽华淑等复闻声而遥应，无不奉一言为准的，入二竖于膏肓，取名一时，流毒天下，诗亡而国亦随之矣。

诗亡而国亦随之，可谓妙语。公安竟陵本非一派，却一起混骂，有缠夹二先生之风，至于先后说话不一致还在其次，似乎倒是小事了。朱竹垞本非低能人，何以如此愦愦？岂非由于性灵云云易触喜怒耶。李越缦称其成见未融，似犹存厚道。中国文人本无是非，翻覆褒贬随其所欲，反正不患无辞，朱不过其一耳。后来袁子才提倡性灵，大遭诃骂，反对派的成绩如何，大家也记不起来了。性灵被骂于今已是三次，这虽然与不佞无关，不过因为见闻多故而记忆真，盖在今日此已成为《文料触机》中物，有志作时文者无不取用，殆犹从前做策论之骂管仲焉。在一切都讲正宗道统的时候，汩没性灵当然是最可崇尚的事，如袁君所说，殆是气运使然。我又相信文艺盛衰于世道升降了无关系，所以漠然视之。但就个人的意见来说，则我当然赞成王君的话，觉得一个人应该伸纸濡毫要写就写，不要写就不写，大可不[1]必桎梏而默写圣经耳。

廿五年二月。

【镡校】

①“可不”原作“不可”。

谈错字

八年前我曾写过一篇杂感小文，是讲两件书里的错字的，其文云：

十八年前用古文所译的匈加利小说《黄蔷薇》于去冬在上海出版了。因为是用古文译的，有些民歌都被译成五言古诗了，第二页上一个牧牛儿所唱的一首译如下文："不以酒家垆，近在咫尺间，金尊与玉碗，此中多乐欢，不以是因缘——胡尔长流连，不早相归还。"译语固然原也不高明，但刊本第二行下句排成了"此中多乐歌"，更是不行了。印书有错字本已不好，不过错得不通却还无妨，至多无非令人不懂罢了，倘若错得有意思可讲，那更是要不得。日前读文化学社版的《人间词话笺证》至第十二页，注中引陶渊明《饮酒》诗，末二句云："但恨多谬误，君当恕罪人。"这也错得太有意思了。所以我常是这样想，一本书的价值，排印，校对，纸张装订，要各占二成，书的本身至多才是十分之四，倘若校刊不佳，无论什么好书便都已损失了六分光了。

日前看商务印书馆版的《越缦堂诗话》，卷下之下有一节云：

子九兄来，云自芝村回棹过此，诵其舟中作一绝云，紫樱桃熟雨如丝，村店村桥人尽时，忽忽梦回舟过市，半江凉水打鸬鹚。绝似带经堂作也。

诗话编辑凡例，卷上中及下之上均录自日记，下之下则转录各节抄本，故无年月可考。这一条见于“越中文献辑存书”第三种《日记钞》之第百零六页，即宣统中绍兴公报社所印，对校一过，字字皆合。读者看了大约都不觉得什么出奇，不过就不知道这子九为何许人罢了。凑巧我却知道，因为我有他的诗集，而且还有两部。子九姓孙名垓，会稽人，有《退宜堂诗集》六卷。上面的诗即在第一卷内，题曰《过东浦口占》，共有两首，今抄录于下：

紫樱桃熟雨如丝，村店村桥入画时，

忽忽梦回船过市，半江凉水打鸬鹚。

×

南湖白小论斗量，北湖鲫鱼尺半长，

鱼船进港麴船出，水气着衣闻酒香。

这里第一首的第三句里舟与船字面不同，别无什么关系，第二句可就很有问题了。人尽呢，还是入画呢？这好像是推门与敲门，望南山与见南山，两者之中有一个较好的读法，其实是不然。退宜堂诗系马氏弟兄鸥堂所编订，果庵所校刻，当然该是可信的，那么正当是“入画时”，虽然这句诗似乎原来有点疲软，“人尽时”倒也幽峭可喜，可是不论这里意思如何，只可惜这两个字太与“入画”相像了，所以觉得这不是字义之异而乃是字形之讹。那么这难道是越缦堂老人的错么？也未必然。早年日记原本未曾印出，究竟不知如何，但我想恐怕还是绍兴公报社的书记抄错，或是“手民”排错，恰好做成那种有意思的词句，以致连那编辑者也被蒙过去了。

在这里，我们自然地联想起古时的一件公案来，这就是陶诗里的刑天舞干戚案。陶渊明《读山海经》诗第十首前四句云：

精卫衔微木，将以填沧海，

形夭无千岁，猛志固常在。

《续古逸丛书》绍熙壬子（一一九二）本，毛刻苏写本及郘亭复刻宋本均如此，但通行本多改第三句为

“刑天舞干戚”，据曾端伯说明云：

> 形夭无千岁，猛志固常在，疑上下文义不甚相贯，遂取《山海经》参校，经中有云，刑天兽名也，口中好衔干戚而舞，乃知此句是刑天舞干戚，故与下句猛志固常在意旨相应，五字皆讹，盖字画相近，无足怪者。

周益公却不以为然，后来遂有千岁与干戚两派。干戚派的根据似乎有两点，其一是精卫填海够不上说猛志，其二是恰好有个刑天，如朱晦庵所云《山海经》分明如此说也。但是，《山海经》里有是一件事，陶诗里有没有又是别一件事，未便混为一谈。大约因为太巧合了，“五字皆讹”，大有书房小学生所玩的菜字加一笔变成菊字的趣味，所以大家觉得好玩，不肯放弃，其实他的毛病即出在巧上，像这样“都都平丈我”式的改字可以当作闲话讲，若是校勘未免太是轻巧一点了罢。我还是赞成原本的无千岁，要改也应注曰疑当作云云，总不该奋笔直改如塾师之批课艺也。

对于曾君我还有一点小意见。查《山海经》第七《海外西经》云：

> 刑天与帝至此争神，帝断其首，葬之常羊之山，乃以乳为目，以脐为口，操干戚以舞。

郭璞注云：

干，盾。戚，斧也。是为无首之民。

曾君乃云口中好衔干戚而舞，与经文不合，以此作为考订的根据，未免疏忽。《淮南·地形训》云西方有形残之尸，高诱注云：

以两乳为目，肥脐为口，操干戚以舞，天神断其手后天帝断其首也。

他[1]是没有手的，但一盾一斧不知怎么操法，更不知怎么衔法，高氏所说即自相抵牾，不能引作解释，且曾君原只说经中有云，不曾引《淮南子》也。“衔”既不合，“好”更未必，虽出想像，亦太离奇。我们本不该妄议先贤，唯曾君根据《山海经》以改诗，而所说又与经文有出入，觉得可疑，不免要动问一声耳。

廿五年二月四日。

【锺校】

①“他”原作“佛”。

关于王谑庵

偶阅《越缦堂日记》第七册，同治四年乙丑十月十九日条下有云：

> 夜阅《鲒埼亭集》第四十二四十三两卷，皆论史帖子。谢山最精史学，于南宋残明尤为贯串。……《与绍守杜君札》力辨王遂东之非死节，而极称余尚书，自是乡里公论。杜守名甲，尝刻《传芳录》，于有明越中忠臣皆绘像系赞，而有遂东无武贞，盖未以谢山之言为信也。

第二天是阴历元宵，厂甸的书摊就要收束了，赶紧跑去一看，在路东的摊上忽然见有一本破书，贴纸标题云“传芳录”。本来对于这种书我并不注意，因为总不过是表彰什么节孝之类的应酬诗文总集罢了，这回记得李莼客的话，心想会不会就是？拿起来一翻，果然是杜甲编刻的《传芳录》。书摊却很居奇，因为里边有十张画像，结果是花了七角钱才买到手。

书中内容最初是乾隆十四年于敏中序二页，杜甲的岁暮恤忠贤后裔记二页，越州忠贤后裔十八人公谢启二页，蕺山书院祭刘念台先生文二页，王守仁、孙燧、沈炼、黄尊素、施邦曜、倪元璐、周凤翔、刘宗周、祁彪佳、王思任像赞十页，李凯跋一页，共十九页。其像皆与张宗子的《越中三不朽图赞》中相同，《三不朽》刊成于乾隆五年，盖即为《传芳录》所本，唯其传赞则系杜补堂所作，亦颇有佳者。如王遂东像赞曰：

多公之才，服公之智，畏公之言，钦公之义。山阴有人，首阳是企，饿死事小，行其所志。

小传末云："丙戌入凤林山，不食七日死。"查《鲒埼亭文集》外编卷四十三《与绍守杜君札》云：

执事轸念明故殉难诸家后人，每岁予以赍恤，且使著为故事，甚厚，所惜讨论有未精者。

次乃辨王遂东非死节，其引证云：

始宁倪无功谓其本有意于筐篚之迎，以病不克，是虽不敢以此玷之，而要之未尝死则审也。

李莼客读《三不朽图赞》札记云：

郡县志及《越殉义传》邵廷采《思复堂集》杜甲《传芳录》温睿临《南疆逸史》诸书皆称遂东为不食而死，全氏祖望《鲒埼亭外集》独据

> 倪无功言力辨其非死节，陶庵生与相接而此赞亦不言其死，可知全氏之言有征矣。

倪无功的话不知何以如此可靠，全李二公深信不疑，李既信全言，又引张做证人，却不知张宗子别有《王谑庵先生传》，在现行文集卷四中，末有云：

> 偶感微疴，遂绝饮食僵卧，时常掷身起，弩目握拳，涕洟哽咽，临瞑连呼高皇帝者三，闻者比之宗泽濒死三呼过河焉。

此生与相接者之言一也。《越殉义传》六卷，俞忠孙著，王遂东事列在卷四，忠孙乾隆己未（四年）序中云：

> 《越殉义传》者，苹野陶亦鲁得之尊公筠庵丈口授也，甫成三十有二传，以瘵卒，丈发函恸哭，造耐园属为卒业。

筠庵即陶及申，虽非遗老，生于崇祯初年，见闻想多可信，或杜补堂以此为据亦未可知，正不必一定要领全氏之教也。又田易堂的《乡谈》中记谑庵之死云：

> 王季重先生《致命篇》曰："再嫁无此脸，山呼无此嘴，急则三寸刀，缓则一泓水。"绝粒七日，息犹未绝，瞋目直视又三日夜。门人郭钰曰，先生欲死于孤竹庵耶，舁之至庵而瞑。案江上失守，先生弃家依凤林墓舍，别架一苫庐，颜

曰孤竹庵。署其门曰："旧山永托，何惧一死，丹心不二，寸步不移。"盖早以死自誓矣。

易堂系康熙时人，在西园十子为前辈，序《宛委山人集》自称友兄，其辈分可想也。《越缦堂日记》第七册十一月二十日条下读《思复堂集》有云：

至以王遂东为不食而死，陈玄倩为山阴产，鲒埼皆纠其缪。然礼部死节，越人相传，孤竹名庵，采薇署号，揆其素志，盖已不诬。或江上之溃，适遘寝疾，固非绝粒，不失全归，死际其时，无待引决，首丘既正，夫亦何嫌，自不得以生日称觞暧昧之事妄疑降辱。

其论陈太仆里籍语今从略。李君的话这里颇近情理。据《越殉义传》云：

御史王应昌请拜新命，笑谢之，绝饮食七日，垂革，朝服拖绅，曰，以见先皇帝。目不瞑，时丙戌九月二十二日。

又《文饭小品》唐九经序中云：

惟是总漕王清远先生感先生恩无以为报，业启□□贝勒诸王将大用先生，先生闻是言愈局蹐无以自处，复作手书遗经曰，我非偷生者，欲保此肢体以还我父母尔，时下尚有□谷数斛，谷尽则逝，万无劳相逼为。

我尝说盖谑庵初或思以黄冠终老，迫逼之太甚，乃绝食死，或者去事实不远。若云七十二老翁本欲去投效清朝，不幸病死不果，恐难相信，而全谢山独有取焉，此事殊可怪，全氏史学虽精，史家风度则似很缺少也。李莼客在一月前很赞成全氏的话，以为是“乡里公论”，这回又根据“越人相传”对于谑庵颇有恕词，在我以为说得不错，虽然在他自己未免前后不一致。不过矛盾的事还多得很，《越缦堂日记》已印行者有五十一册，读过多已忘记，仅就记得的来说，在第十一册同治八年己巳七月二十二日条下又有关于谑庵的一节云：

王山史《砥斋集》世不多见，仅见于朝邑李时斋《关中文钞》，其文颇有佳者。……其《甲申之变论》词意激烈，末一段云：顺治初，山阴王思任寄书龙门解允樾，其词悖慢，追咎神宗，追咎熹宗不已也，终之曰，继之以崇祯克剥自雄。呜呼，生勤宵旰，亘殉社稷，此普天哀痛之时也，思任亦人臣，何其忍于刻责而肆为无礼之言以至此哉。思任有女曰端淑，能诗文，刻《映然子集》行世，中有言思任之死嫌其数十日之生之多者，盖谓其死非殉难，不能择于泰山鸿毛之辨也。呜呼，臣而非君，女而非父，一何其报之符也。案季重卒于丙戌，在鲁王航海之后，所云顺治初者盖当甲申乙酉间，时秦中已奉正朔也。季重之死，国论已定，惟乡评尚在疑信间，观此则知其女已有违言，无待清议矣，惜《映然子集》今亦不得见耳。

乙丑至己巳前后五年矣，李莼客的意见似又大动摇，这回却是信王而不是信全罢了。不过他又非意识地着一语去说明所谓顺治初日，时秦中已奉正朔也。天下最不上算的事是骂人，因为正如剃头诗那么说，“请看剃头者，人亦剃其头”，令人有一何其报之之符之叹。我们如仿照道学文人做史论专事吹求的办法，即可以子当死孝的道理去责备映然子，又可以根据秦中已奉正朔的话去忠告王山史，骂别人不殉难而自己称顺治初，也很可笑。王氏的随笔《山志》在好些年前曾经一读，印象很不好，觉得道学气太重，虽然我平常对于明朝遗老多有好感，但有程朱派头的就不喜欢，顾亭林亦尚难免，王山史更是不行了。今读《甲申之变论》的一小部分，正是与从前同样感觉，此种胡氏《管见》式的史论真是不敢请教也。

谑庵以臣而非君，在古礼法上或不可恕，这是别一问题，我只觉得论明之亡而追咎万历天启以至崇祯，实是极正当的。中国政治照例腐败，人民无力抵抗，也不能非难，这不但是法律上也是道德上所不许可的，到得后来一败涂地，说也没用。明末之腐败极矣，真正非亡不可了，不幸亡于满清，明虽该骂而骂明有似乎亲清，明之遗民皆不愿为，此我对于他们所最觉得可怜者也。谑庵独抗词刻责，正是难得，盖设身处地的想，我虽觉得他的非难极正当，却也未必能实行，非惧倪无功王山史，正无此魄力耳。张宗子杜补堂均谓谑庵素以谑浪忤人，今乃知其复以刻责忤俗，此则谑庵之另一可佩服之点也。

廿五年二月十日，在北平。

陶筠庵论竟陵派

陶筠庵的名字恐怕除绍兴人外不大有人知道罢。见于著录的，商宝意编的《越风》卷九云：

陶及申，字式南，会稽人，明经。

所选诗共四首。宋长白著《柳亭诗话》三十卷，首有陶序，题曰丁亥秋杪七十二老弟陶及申，据宋岸舫小传说，康熙乙未卒，年七十，然则是时长白当是六十二岁也。俞忠孙著《越殉义传》六卷，目录后记云：

《越殉义传》者，莘野陶亦鲁得之尊公筠庵丈口授也，甫成三十有二传，以瘵卒，丈发函恸哭，造耐园属为卒业。

宣统中绍兴公报社印行《越中文献辑存书》，其第六种曰《筠庵文选》，共文九十五篇，虽是用有光纸铅印，多错字，文却颇可读，盖大都是所谓吴越间遗老尤放恣的一派，深为桐城派人所不喜者也。文选中《王载溪诗论序》末署云辛丑九月下浣里门八十六拙髦陶及申拭目拜手序，同年有《祭妇江氏文》，亦称八十六岁筠庵髦翁，又有《江氏妇小祥祭文》，可知其次年尚健在，时为康熙六十一年。筠庵有《诸书钞读》，自《春秋》四传以至《帝京景物略》，各有小引，名隽可喜，文选共录二十篇。寒斋藏有两种，一即《景物略钞读》，一为《钟伯敬集钞读》，文选中未著录。《景物略》抄本第一页首行曰"菊径传书"，下曰"筠庵手录"，次行低一格曰《帝京景物略》，小注云百三十三页，计原序目录及本文适如其数，前后各有引言一页，与文选本又不同。文选本《帝京景物略钞引》云：

> 予少好读刘同人文，久而不能忘也。当时于奕正遣搜帝京遗闻，俾就镕铸，虽巷议街谈，悉化为玉屑矣，遂使有明三百年来气象直与镐京辟雍争辉，不至为西楼木叶山所掩也。或者疑其工于笔而不核于事，未免为博洽者所讥，是则不然。太史公好奇，少所割爱，纪传世家时相刺[①]谬，然读者不以汉书之雅雅而弃史记之爽爽也，予亦安敢因近日驳正诸书而辍钞《景物略》哉？独惜其陪京一著甫绝笔而身殉虞渊，忠魂不昧，即使修文天上，能无抱恨于广陵散之歇响耶。

抄本前引云：

天生才必有所以用其才，其用之也必有所以供其用。往读刘同人《春秋》制义，惊其下笔妙天下，既读《帝京景物略》，富艳峭拔，丛书中得未曾有，然后叹同人之才不独以制义显也。盖帝京自木叶山移都七百年于兹矣，用物取精既弘且硕，设无人焉起而表章之，抑或使小有才者格格不吐一词，不几使有明二百四十二年间与契丹蒙古同一（案以上七字原用墨涂过）黯淡无色耶。至若于奕正者，多其藏，厚其力，则又天生之以供同人之用者也。今问世者两刻，详略不同，章句字法亦多小异，合而订之，瑕瑜亦各不相掩，独其所采诗歌无绝佳者，概置不录。又闻同人著《陪京略》，属稿甫就而节义夺之，不知流落何所也，惜哉。庚午春正十八日识于东大池之太乙楼，及申式南氏。

又后引云：

幼尝读刘同人《春秋》制义，辄叹其心力崛强，能助人神智。晚乃读《帝京景物略》，知其下笔妙天下，杂之《汉魏丛书》中，有其隽永，无其委琐，且雅雅也，事不无涉险怪，亦体势不得不然耳。友人许又文手录之而删其诗歌，余仍之也。刻本互有异同，瑕瑜各不相掩，余参之也。又文又为余言，同人著《陪京略》，尤精详，属稿未问世，不知流落何人，恨吾辈缘浅也，尚俟之哉。庚午春正十八日，陶及申式南题于东大池之太乙楼。

后钤二印，白文曰陶及申印，朱文曰式南，引下朱文印一曰筠庵，又卷末白文印一曰会稽陶氏家传。字疑系筠庵手笔，庚午为康熙廿九年，时年五十五，此二引作于同一日，文选所收或是晚年改写本耶。删诗存文，便于刊刻诵读，亦是好事，乾隆时纪晓岚曾有一本行于世，唯纪氏妄以己意多所割截，不及筠庵本远矣。

《钟伯敬集钞》抄本首有小引二页，传二页，目录及本文共八十六页，计钞诗百十一首，文四十八首，制义四首。小引云：

着着在事外，步步在人先，退庵评留侯语，即其所以作诗文法也。诗文大意在《诗归》一序，序大意在反于鳞，反于鳞未尝不佳：绝去痴肥凝重之态，一种天然妙趣，初不害其为轻弱也；但效颦者率多里中丑妇，至使美人失色，此与唐人强袭元白体而为元所嗤笑，齐己效韦苏州语为质而为韦所弃去，同一可鄙。余尝作七言拗体云，天下不敢唾王李，钟谭便是不犹人，甘心陷为轻薄子，大胆剥尽老头巾，万卷书看破琐琐，千金画唤出真真，却恨村妆无颜色，浣纱溪水污眉颦。及读退庵周伯孔问山亭潘稚恭诸诗序，又读与两弟并友夏诸君子书，然后信退庵真欲自成其为钟子，不愿人之效为钟子也。故凡后乎钟子而效之，与不能出乎钟子之选之外而读之者，皆非钟子所喜。如钟子者，除是前介袁石公，后参谭友夏，始乃相视一笑耳。至若袁不为钟所袭，而钟之隽永似逊于袁，钟不为谭所袭，而谭之简老稍胜于钟，要皆不足为钟病，钟亦不以之自病也。然而钟之诗文所以可读者在此，读钟之诗文所以不可不简者亦在此。鉴湖陶及申题。

低一格有附识五行云：

先生尝言少时便喜读钟谭诗文，越十年而厌弃之，又越十年而钞其集。夫钟谭诗文自若也，读钟谭诗文者其厌其喜，其喜而厌，厌而不必不喜者，不可不自知其故，然其中有候焉，亦不可得而强也。曾不敏，未能读钟谭诗文，而心窃有味乎先生之言，因遂录先生所钞，且志言焉，以验后日学力何如。门人丁有曾敬书。

下钤二印皆白文，一曰丁有曾印，一曰孔宗，文首朱文印一曰畬经。论理该是丁氏所抄，但字迹与《景物略钞》仿佛，小引前后亦共钤三印如前述，目录后有白文方印一曰陶子筠庵，然则似仍是陶氏物也。这里很凑巧，两种钞读所谈的均属于竟陵派，筠庵的意见又颇高明，尤使我感叹佩服。论《景物略》的话虽好，也还普通，如纪晓岚便也见得到，关于钟伯敬的末后的一节真是精极，读了真能令人增进见识。王介锡的《明文百家萃》的谭友夏小传末引张宗子《石匮书》的话为定论，曰：

> 今人喜钟谭则诋王李，喜王李则诋钟谭，亦厌故喜新之习也。夫王李自成为王李，钟谭自成为钟谭，今之作者自成为今之作者，何必诋，何必不诋。

陶庵的话固然说得很好，但还不及筠庵的深切著明，我正不禁如丁孔宗那样心窃有味乎先生之言了。

公安竟陵同样地反王李，不知怎地钟谭特别挨骂，虽然在今日似乎风向又转了，挨骂顶厉害的是袁石公，钟退庵居然漏出文网之外，这倒是很好的运气。但在明末清初却没有这样好，其最骂得厉害也最通行的例，可以举出朱彝尊来。李莼客在同治十一年五月廿七日的日记（《越缦堂日记》第十六册）阅《明诗综》条下云：

> 即此后之公安竟陵，丛诃攒骂，谈者齿冷。竹垞于中郎虽稍平反，而其佳章秀句十不登一，伯敬友夏则全没其真，此尚成见之未融也。

我曾说李君论文论学多有客气，但对于公安竟陵却是很有理解的，在日记中屡次选录中郎友夏的诗句，当否且别论，其意总可感。朱氏则如何呢，岂但成见未融，且看他的说法，可以知道丛诃攒骂之妙了。《静志居诗话》卷十七“钟惺”条下云：

> 《礼》云，国家将亡，必有妖孽。非必日蚀星变，龙漦鸡祸也，唯诗有然。万历中公安矫历下娄东之弊，倡浅率之调以为浮响，造不根之句以为奇突，用助语之辞以为流转，着一字务求之幽晦，构一题必期于不通。《诗归》出，一时纸贵，闽人蔡复一等既降心以相从，吴人张泽华淑等复闻声而遥应，无不奉一言为准的，入二竖于膏肓，取名一时，流毒天下。诗亡而国亦随之矣。

这一番话说得很可笑，正如根据了亡国之音哀以思的话，说因为音先哀以思了所以好端端的国就亡了，同样的不通，此正是中国传统的政治的文学观之精义，可以收入“什么话”里去者也。卷廿二“李沂”条下又云：

> 李沂，字子化，别字艾山。启祯间诗家多惑于竟陵流派，中州张瓠客暨弟凫客避寇侨居昭阳，每于宾坐论诗，有左袒竟陵者，至张目批其颊，是时艾山特欣然相接，故昭阳诗派不堕奸声，皆艾山导之也。

杜荫棠辑《明人诗品》，卷二亦抄引此条，盖亦深表赞同也。谈诗亦是雅事，何至于此。张李二公挥拳奋斗于前，朱杜二公拍案叫绝于后，卫道可谓勇猛矣，若云谈艺则非所宜，诚恐未免为陶某乡曲一老儒所窃笑耳。“甘心陷为轻薄子，大胆剥尽老头巾。”这十四字说尽钟谭，也说尽三袁以及此他一切文学革命者精神，褒贬是非亦悉具足了。向太岁头上动土，既有此大胆，因流弊而落于浅率幽晦，亦所甘心，此真革命家的态度，朱竹垞辈不能领解原是当然，丛诃攒骂亦正无足怪也。陶筠庵却能知道而且又说明得恰好，可谓难得，我又于无意中能够听到这位乡先辈的高论，很是高兴，乐为传抄介绍，虽然或者有人说是乡曲之见亦未可知，我却以为无甚关系，只想多得一个人读他的议论，我也就多得一分满足了。

廿五年二月十二日，于北平苦茶庵。

［补记］《柳亭诗话》卷四有“怪鸟”一则云：

温陵周吏部廷鑨家藏黄石斋一尺牍，末云，文不成文，武不成武，此之谓怪鸟，非惟怪之，而又呆甚。盖殉难前数日笔也。东岩黄景昉题二绝句于后。详见陶式南《笔猎》。

又卷十一有“雉朝飞”一条云：

陶筠庵《笔猎》载《雉朝飞》一阕，云无名氏哀玉田黄贞烈而作，激昂顿挫，有鲍明远笔意。又无名氏《纺织行》哀俞孝烈，顾久也和吕林英《沙城曲》，皆可入采风之选，详本集。

小注云：

筠庵石篑先生之裔，所著又有《四书考》《纪元本末》《耐久集》。

案《筠庵文选》中《纪元本末》与《笔猎》皆有序，《笔猎序》署庚辰，盖六十五岁时也。无《四书考》而有《四书博征序》，疑是一书，又《耐久集》亦无序，只在为俞忠孙序《采隐集》中说及云：

余尝集当世诗古时文，名之曰《耐久》。

文选中有小传数篇均有致，忠孙之父鞠陵亦有传，后附宋长白诔辞，有句曰，爰顾陶许，惟汝允谐。小注云：

陶筠庵及申，许酿川尚质，暨予为耐园四友。

即此可见其交情关系。俞鞠陵是王白岳的女婿。白岳亦是张宗子的好友，《琅嬛文集》及《梦寻》皆有序，其诗集名《硕薖集》，手稿本曾藏马隅卿先生处，后归北平图书馆，近闻已装箱南渡矣。

廿五年二月十七日记于北平。

【锺校】

①“剌”原作“刺”。

日本的落语

黄公度著《日本杂事诗》二卷，光绪十六年（一八九〇）增订为定稿，共二百首，卷下有诗云：

银字儿兼铁骑儿，语工歇后妙弹词，
英雄作贼鸳鸯殉，信口澜翻[1]便传奇。

注云：

演述古今事谓之演史家，又曰落语家。笑泣歌舞，时作儿女态，学伧荒语，所演事实随口编撰，其歇语必使人解颐，故曰落语。

《日本国志》卷三十六《礼俗志三》云：

演述古今事，借口以糊口，谓之演史家，落语家。手必弄扇子，忽笑忽泣，或歌或醉，张手流目，踦膝扭腰，为女子样，学伧荒语，假声写形，虚怪作势，于人情世态靡不曲尽，其歇语必使人捧腹绝倒，故曰落语。楼外悬灯，曰，某先生出席，门前设一柜收钱，有弹三弦执拍子以和之者。

案志有光绪十三年自序，《杂事诗》注盖即以志文为本，而此又出于寺门静轩的戏作。静轩著有《江户繁昌记》，前后共出六册，其第三卷刊于天保五年（一八三四），有“寄”一篇，寄（Yosé）者今写作寄席，即杂耍场也，其首两节云：

> 鸣太平，鼓繁昌，手技也，落语也，影绘乎，演史乎，曰百眼，曰八人艺，于昼于夜，交代售技，以七日立限，尽限客舄不减，又延日，更引期。大概一坊一所，用楼开场，其家檐角悬笼，招子书曰某某出席，某日至某日。夜分上火，肆端置一钱匣，匣上堆盐三堆，一大汉在侧，叫声请来请来，夜娼呼客声律甚似。面匣壁间连悬履屐，系小牌为识，牌钱别课四文。乃无钱至者亲怀履上，俗语名此曹谓之油虫。
>
> 一楼数楹，当奥设座，方一筵，高若干尺，隅置火桶，茶瓶蓄汤，夜则两方设烛。客争席占地，一席则数月寓都村客，一席则今年参藩士类，五六交颈，七八接臂，新道外妾，代地隐居，番头乎，手代乎，男女杂居，老少同位。

此写寄席情形颇得其妙，唯静轩原用汉文而多杂和语，盖游戏文章之一体，但在中国人便不容易[②]了解，如油虫即蟑螂，为看白戏者的浑名，番头即掌柜，手代即伙计等是也。下节写落语云：

落语家一人上，纳头拜客，篦铺剃出（案此云剃头铺的徒弟），儒门塾生，谓之前座。旋尝汤滑舌本，帕以拭喙（原注，折帕大如拳），拭一拭，左右剪烛，咳一咳，纵横说起。手必弄扇子，忽笑忽泣，或歌或醉，使手使目，踦膝扭腰，女样作态，伧语为鄙，假声写娼，虚怪形鬼，莫不极世态，莫不尽人情，落语处使人绝倒捧腹不堪。剃出始下，此为一出，名此时曰中入。（案即戏半休息）于是乎忍便者如厕，食烟者呼火，渴者令茶，饥者命果。技人乃悬物卖阄。……早见先生上座，亲方（案如曰老头子，原称同业同帮的头儿，今指落语大家，即前座的师父辈也）是也。三尺喙长，辩惊四筵，今笑妙于向笑，后泣妙于前泣，亲方之醉，剃出何及，人情穿凿，世态考证，弟子固不若焉尔。

静轩后七十五年，森鸥外著《性的生活》（*Vita Sexualis*），写十一岁的时候在寄席听落语，有一节云：

刚才饶舌着的说话人（Hanashika，即落语家之通称）起来弯着腰，从高座的旁边下去了，随有第二个说话人交替着出来，先谦逊道：人是换了却也换不出好处来。又作破题道：官客们的消遣就是玩玩窑姐儿。随后接着讲工人带了一个不知世故的男子到吉原去玩的故事。这实在可以说是吉原入门的讲义。（案吉原为东京公娼所在地。）我听着心里佩服，东京这里真是什么知识都可以抓到的那样便利的地方。我在这时候记得了“御谏鼓领受”这句奇妙的话。但是这句话我以后在寄席之外永远没有遇着过，所以这正是在我的记忆上加以无用的负担的言词之一。

谏鼓二字只是音相同，原是无意义的，此处乃是女根的俗称。鸥外写此文时不佞正在东京，故觉得所写景象如在目前，虽然无用的负担那一句话不曾记得，大约是听讲义不甚热心之故。静轩去今已百许年，情形自不免大同小异，如卖阄固已不见，中入前后亦有数人交代演技，不只一出即了也。但《繁昌记》的描写点缀亦自有其佳趣，如纳头拜客以至咳一咳等，可谓刻画尽致，殊有陶庵《梦忆》之风，黄君采用其文，亦可谓有识，唯不免小有错误，即并演史与落语混而为一是也。

日本演史今称“讲谈”，落语则是中国的说笑话。古来中国“说话”的情状只在两宋的遗老著作里有得说及，孟元老在《东京梦华录》卷五所记有小说，合生，说诨话，说三分，说史五种，南宋的《梦粱录》中又列四科为小说，谈经，讲史书，合生。《古杭梦游录》云：

> 说话有四家。一银字儿，谓烟粉灵怪之事。一铁骑儿，谓士马金鼓之事。一说经，谓演说佛书。一说史，谓说前代兴废。

《都城纪胜》则合银字儿与铁骑儿同属于小说之下。《武林旧事》所记与《梦粱录》同，但又有说诨话。一总大约有五种花样，除所谓合生不大明白外，即谈经，演史，讲故事，说笑话。如讲《三国》是演史，讲《红楼》《水浒》似即是小说，我们看现存的《五代史平话》及话本可以知道这个分别，至于说诨话殊少形踪可考，很是可惜。日本的讲谈本以演义为主，但也包括烟粉灵怪等在内，故《杂事诗》云银字儿兼铁骑儿，实在还只是讲谈，与落语[3]无关。据关根默庵著《江户之落语》及《讲谈落语今昔谭》所记，安乐庵策传为落语之始祖，元和九年（一六二三）著《醒睡笑》八卷，实乃笑林之流，盖其初原只是说笑话，供一座的娱乐，及后乃有人在路旁设肆卖艺，又转而定期登台，于是演者非一人，故事亦渐冗长，但其歇语必使人捧腹绝倒则仍是其主要特色也。落语家有三游亭与柳家二派，中间因营业关系创为利用音乐的戏文话或怪谈等，与讲谈相接近，唯其本流还是纯粹的落语，不佞在辛亥前所见便是如此。《江户之落语》序中有云：

> 一碗白汤，一柄折扇，三寸舌根轻动，则种种世态人情，入耳触目，感兴觉快，落语之力诚可与浴后的茗香熏烟等也。

所谓一把扇子的“素话”实为此中最大本领，非靠烟粉金鼓作香料者可比。黄君所咏盖只是讲谈，注中所说虽确是落语，与《繁昌记》相同，而落语家之佳者实亦不一定如是，曾见柳家小官（Yanagiya Kosan）升高座，俨然如村塾师，徐徐陈说，如讲《论语》，而听者忍俊不禁，不必忽笑忽泣或歌或醉也。这里我觉得奇怪的，中国何以没有这一种东西。我们只知道正经的说书，打诨的相声，说笑话并不是没有，却只是个人间的消遣，杂耍场中不闻有此一项卖技的。古代的诨话不知道是怎么说法的，是相声似的两个人对说亦未可知，或者落语似的也难说吧，总之后来早已没有了。中国文学美术中滑稽的分子似乎太是缺乏。日本鸟羽僧正的戏画在中国不曾有，所以我们至今也没有人能作漫画。日本近世的滑稽本如十返舍一九的《东海道中膝栗毛》，式亭三马的《浮世风吕》，中国也都没有。我在《苦茶庵笑话选》序上说：

查笑话古已有之，后来不知怎地忽为士大夫所看不起，不复见著录，意者其在道学与八股兴起之时乎。

我想这话是不错的，在事实与道理上都是如此。缺少笑话似乎也没有什么要紧，不过这是不健全的一种征候，道学与八股把握住了人心的证据。在明末有过一个转变，在民国初期是第二次了，然而旧的势力总还是大，清初仍是正统派成功了，现在不知后事如何。谈起日本的落语，不禁想到中国的种种问题，岂不是太不幽默乎。道学与八股下的汉民族哪里还有幽默的气力，然则此亦正是当然的事也。

廿五年上丁，在北平。

【锺校】

①“澜翻”原作“翻澜”。

②原无“易”字，今增。

③“语”原作“谈”。

《逸语》与《论语》

前日买到北平图书馆的一册《善本书目乙编》，所列都是清代刻本之精善希少者，还有些稿本及批校本。在仿佛[①]被放弃了的北平，几时有看图书馆善本的福气我简直就不知道，看看书目虽不能当屠门大嚼，也可以算是翻食单吧。全书目共百四十五页，一半是方志与赋役书，但其他部分却可阅。我觉得有趣味的，寒斋所藏的居然也有两部在选中，一是曹廷栋的《逸语》十卷，一是陆廷灿的《南村随笔》六卷。我买这些书几乎全是偶然的，陆幔亭本来我就不知道，因为想找点清初的笔记看，于刘献廷、傅青主、王渔洋、宋牧仲、冯钝吟、尤西堂、王山史、刘在园、周栎园等外，又遇见这随笔，已经是雍正年刊本了。序中说他是王、宋的门生，又用《香祖笔记》《筠廊偶笔》来比他的书，我翻看一过，觉得这还比得不大错，与宋牧仲尤相近。虽然这种琐屑的记录我也有点喜欢，不过我尤喜欢有些自己的意见情趣的，如刘傅冯尤，所以陆君的笔记我不很看重，原来只是以备一格而已。

曹慈山有一部《老老恒[2]言》，我颇爱读，本来七十曰老，现在还差得远哩，但是有许多地方的确写得好，所以很觉得喜欢。这部《逸语》因为也是曹慈山所辑注的，便买了来，价也不大便宜，幸喜是原版初印，那《恒言》的版却很蹩脚，是《槜李丛书》本而又是后印的，《逸语》三大本的外表的确是颇为可观，内容稍过于严肃，盖属于子部儒家，而这一类的书在我平日是不大看者也。

现在又取出《逸语》来一翻，这固然由于书目乙编的提示，一半也因为是“上丁”的缘故吧。曹君从周秦两汉以讫晋宋齐梁诸子百家的书中辑集所记孔子的话，编为十卷二十篇，略如《论语》，而其文则为诸经之所逸，因名曰《逸语》。我刚才说不喜读四库的子部儒家类的书，但是《论语》有时倒也看看，虽然有些玄妙的话，古奥或成疑问的文，都不能懂；其一部分总还可以了解而且也很赞成的。《逸语》集录孔子之言，不是儒教徒的文集，所以也可以作《论语》外篇读。我因为厌恶儒教徒，而将荀况孔鲋等一笔抹杀，也是不对，这个自己本来知道。平常讨厌所谓道学家者流，不免对于儒家类的《逸语》不大表示尊重，但又觉得《论语》还有可看，于是《逸语》就又被拉了出来，实在情形便是如此。老实说，我自己也[3]是儒家，不过不是儒教徒，我又觉得自己可以算是孔子的朋友，远在许多徒孙之上。对于释迦牟尼梭格拉底似乎也略知道，至于耶稣、摩罕默德则不敢说懂，或者不如明了地说不懂为佳。

《逸语》卷十，第十九篇《轶事》引《吕氏春秋》云：

> 文王嗜菖蒲菹，孔子闻而服之，缩頞而食之，三年，然后胜之。

曹注云：

> 此见圣人于饮食之微不务肥甘以悦口，亦取有益于身心，与不撤姜食其旨相同，且事必师古之意，于此亦可见耳。

这件事仿佛有点可笑，有如《乡党》中的好些事一样，我却觉得很有意思。菖蒲根我知道是苦的，小时候端午节用这加在雄黄酒里喝过，所以知道不是好吃的东西，但如盐腌或用别的料理法，我想或者要较好，不必三年才会胜之亦未可知。我们读古书仿佛也是这个情形，缩頞食之——这回却不至三年了，终于也胜之，辨别得他的香，也尝透了他的苦及其他的药性。孔子吃了大有好处，据《孝经纬》云，“菖蒲益聪”，所以后来能编订《易经》，了解作者之忧患，我们也因此而能尚友圣人，懂得儒道法各家的本意，不佞于此事不曾有特别研究，在专门学者面前抬不起头来，唯如对于一般孔教徒则我辈自称是孔圣人的朋友殆可决无愧色也。

《逸语》卷一有引《荀子》所记的一节话云：

子曰，由，志之。奋于言者华，奋于行者伐，色智而有能者，小人也。故君子知之曰知之，不知曰不知，言之要也。能之曰能之，不能曰不能，行之至也。言要则智，行至则仁，既仁且智，夫恶有不足矣哉。

这话虽然稍繁，却也说得很好。《论语·为政第二》云：

子曰，由，诲女知之乎？知之为知之，不知为不知，是知也。

意思正自相像。孔子这样看重知行的诚实，是我所最佩服的一件事。《先进第十一》云：

季路问事鬼神，子曰，未能事人，焉能事鬼。曰，敢问事死，曰，未知生，焉知死。

《子路第十三》云：

樊迟请学稼，子曰，吾不如老农。请学为

圃，子曰，吾不如老圃。

又《卫灵公第十五》记公问陈，孔子也答说“军旅之事未之学也”。这种态度我也觉得很好。虽然樊迟出去之后孔子数说他一顿，归结到“焉用稼”，在别处如《泰伯第八》也说，“笾豆之事则有司存”，可见他老先生难免有君子动口小人动手的意思，觉得有些事不必去做，但这也总比胡说乱道好。我尝说过，要中国好不难，第一是文人不谈武，武人不谈文。盖《大学》难懂，武人不读正是言之要也，大刀难使[④]，文人不要便是行之至也，此即是智与仁也。《季氏第十六》又有一节云：

孔子曰，求，君子疾夫舍曰欲之而必更为之辞。

下文一大串政治哲学大为时贤所称赏，我这里只要这一句，因为与上面的话多少有点关系。孔子这里所骂的，比以不知为知以不能为能，情节还要重大了，因为这是文过饰非。因为我是儒家思想的，所以我平素很主张人禽之辨，而文过饰非乃是禽以下的勾当。古人说通天地[⑤]人为儒，这个我实在不敢自承，但是如有一点生物学文化史和历史的常识，平常也勉强足以应用了。我读英国捺布菲修所著《自然之世界》与汉译汤姆生的《动物生活史》，觉得生物的情状约略可以知道，是即所谓禽也。人是一种生物，故其根本的生活实在与禽是一样的，所不同者，他于生活上略加了一点调节，这恐怕未必有百分之一的变动，对于禽却显出明了的不同来了，于是他便自称为人，说他有动物所无的文化。据我想，人之异于禽者就只为有理智吧，因为他知道己之外有人，己亦在人中，于是有两种对外的态度，消极的是恕，积极的是仁。假如人类有什么动物所无的文化，我想这个该是的，至于汽车飞机枪炮之流无论怎么精巧便利，实在还只是爪牙筋肉之用的延长发达，拿去夸示于动物，但能表出量的进展而非是质的差异。我曾说，乞食是人类文明的产物。恐要妨害隔壁的人用功而不在寄宿舍拉胡琴，这虽是小事，却是有人类的特色的。《卫灵公第十五》云：

> 子贡问曰，有一言而可以终身行者乎？子曰，其恕乎，己所不欲勿施于人也。

《公冶长第五》云：

> 子贡曰，我不欲人之加诸我也，吾亦欲无加诸人也。子曰，赐也，非尔所及也。

孔子这种地方的确很有见解。但是人的文化也并不一定都是向上的，人会恶用他的理智去干禽兽所不为的事，如暗杀，买淫，文字思想狱，为文明或王道的侵略，这末了一件正该当孔子所深恶痛疾的，文过饰非自然并不限于对外的暴举，不过这是最重大的一项罢了。

孔子的话确有不少可以作我们东洋各国的当头棒喝者，只可惜虽然有千百人去对他跪拜，却没有人肯听他。真是了解孔子的人大约也不大有了，我辈自认是他的朋友，的确并不是荒唐。大家的主人虽是婢仆众多，知道主人的学问思想的还只有和他平等往来的知友，若是垂手直立，连声称是，但足以供犬马之劳而已。孔子云：

> 益者三友，损者三友。友直，友谅，友多闻，益矣。友便僻，友善柔，友便佞，损矣。

我们岂敢对圣人自居于多闻，曰直曰谅，其或庶几，当勉为孔子之益友而已。

[附记] 文中所引《论语》系据《四部丛刊》景印日本南北朝正平刻本，文字与通行本稍有不同，非误记也。

廿五年二月丁祭后三日记于北平。

【锺校】

①“仿佛”原作“佛仿”。

②“恒”原作“琐”。

③“也”原作“说”。

④“使”原作“便”。

⑤“地”原作“他”。

《日本杂事诗》

今年阴历的厂甸我居然去了三次，所得到的无非都是小书零本罢了，但是其中也有我觉得喜欢的，如两种《日本杂事诗》即是其一。黄公度的著作最知名的是《人境庐诗草》十一卷，辛亥年梁任公在日本付印的原本今虽少见，近年北平有重校印本，其次《日本国志》四十卷，浙江刻板今尚存在。这两卷《日本杂事诗》虽然现在不大流行，在当时却很被人家珍重，看它版本之多就可以知道。我在去年的厂甸买得一种，是光绪十一年十月梧州刻本，有黄君新序。今年所得的其一为天南遁窟活字板本，题曰光绪五年季冬印行，前有王韬序则云光绪六年二月朔日，可知是在次年春天才出版的。又其一是光绪廿四年长沙刻本，有十六年七月的自序，末附戊戌四月的跋。在王韬的《扶桑游记》中卷，光绪五年四月二十二日条下致余元眉中翰书（《又见《弢园尺牍》卷十二）中有云：

> 此间黄公度参赞撰有《日本杂事诗》，不日付诸手民，此亦游宦中一段佳话。

又《杂事诗序》云：

> 逮余将行，出示此书，读未终篇，击节者再，此必传之作也，亟宜早付手民，俾世得以先睹为快，因请于公度即以余处活字板排印，公度许之，遂携以归。旋闻是书已刻于京师译馆，洵乎有用之书为众目所共睹也。

案《杂事诗》于光绪五年孟冬由同文馆以聚珍板印行，然则此王氏本当为第二种版本也。黄君戊戌年跋云：

> 此诗光绪己卯上之译署，译署以同文馆聚珍板行之，继而香港循环报馆日本凤文书坊又复印行，继而中华印务局日本东京书肆复争行翻刻，且有附以伊吕波及甲乙丙等字，衍为注释以分句读者。乙酉之秋余归自美国，家大人方榷税梧州，同僚索取者多，又重刻焉。丁酉八月余权臬长沙，见有悬标卖诗者，询之又一刻本，今此本为第九次刊印矣。此乃定稿，有续刻者当依此为据，其他皆拉杂摧烧之可也。

据这里所说，梧州刻当是第七种版本，长沙刻为第九种亦即是定本。《丛书举要》卷四十五所载“弢园老民手校刊本”中有重订《日本杂事诗》一本，重订云者当系改定之本，唯弢园生于道光戊子，在戊戌年已是七十一岁，不知其尚在人间否，且亦不能料他有如此老兴来重印此书否也。所以现在看来，此定稿似只有长沙的刻本，后来不曾复刻，我于无意中得到，所谓觉得喜欢就是为此。

《杂事诗》原本上卷七十三首，下卷八十一首，共百五十四首，今查定本上卷删二增八，下卷删七增四十七，计共有诗二百首。至其改订的意思，在十六年的自序中很明了地说道：

> 余于丁丑之冬奉使随槎，既居东二年，稍与其士大夫游，读其书，习其事，拟草《日本国志》一书，网罗旧闻，参考新政，辄取其杂事衍为小注，串之以诗，即今所行《杂事诗》是也。时值明治维新之始，百度草创，规模尚未大定，……纷纭无定论，余所交多旧学家，微言刺讥，咨嗟太息，充溢于吾耳，虽自守居国不非大夫之义，而新旧同异之见时露于诗中。及阅历日深，闻见日拓，颇悉穷变通久之理，乃信其改从西法，革故取新，卓然能自树立，故所作《日本国志》序论往往与诗意相乖背。久而游美洲，见

欧人，其政治学术竟与日本无大异，今年日本已开议院矣，进步之速为古今万国所未有，时与彼国穹官硕学言及东事，辄敛手推服无异辞。使事多暇，偶翻旧编，颇悔少作，点窜增损，时有改正，共得诗数十首，其不及改者亦姑仍之。嗟夫，中国士夫闻见狭陋，于外事向不措意，今既闻之矣，既见之矣，犹复缘饰古义，足己自封，且疑且信，逮穷年累月，深稽博考，然后乃晓然于是非得失之宜，长短取舍之要，余滋愧矣。

黄君的这见识与态度实在很可佩服，梁任公的《嘉应黄先生墓志铭》里说得好：

当吾国二十年以前未知日本之可畏，而先生此书（案指《日本国志》）则已言日本维新之功成则且霸，而首先受其冲者为吾中国，及后而先生之言尽验，以是人尤服其先见。

不特此也，黄君对于日本知其可畏，但又处处表示其有可敬以至可爱处，此则更难，而《杂事诗》中即可以见到，若改正后自更明了了。原本卷上第五十《咏新闻纸》诗云：

一纸新闻出帝城，传来令甲更文明，

曝檐父老私相语，未敢雌黄信口评。

定本则云：

欲知古事读旧史，欲知今事看新闻，

九流百家无不有，六合之内同此文。

注云：

新闻纸以讲求时务，以周知四国，无不登载，五洲万国如有新事，朝甫飞电，夕既上板，可谓不出户庭而能知天下事矣。其源出于邸报，其体类乎丛书，而体大而用博则远过之也。

此注与原本亦全不同。以诗论，自以原本为佳，稍有讽谏的风味，在言论不自由的时代或更引起读者的共鸣。但在黄君则赞叹自有深意，不特其去旧布新意更精进，且实在以前的新闻亦多偏于启蒙的而少作宣传的运动，故其以丛书（Encyclopedia）相比并不算错误。又原本卷上第七十二《论诗》云：

几人汉魏溯根源，唐宋以还格尚存，

难怪鸡林贾争市，白香山外数随园。

注云：

诗初学唐人，于明学李王，于宋学苏陆，后学晚唐，变为四灵，逮乎我朝王袁赵张（船山）四家最著名，大抵皆随我风气以转移也。白香山袁随园尤剧思慕，学之者十八九，《小仓山房随笔》亦言鸡林贾人争市其稿，盖贩之日本，知不诬耳。七绝最所擅场，近市河子静、大洼天民、柏木昶、菊池五山皆称绝句名家，文酒之会，援毫长吟高唱，往往逼唐宋。余素不能为绝句，此卷意在隶事，乃仿《南宋杂事诗》《滦阳杂咏》之例，排比成之，东人见之不转笑为东施效颦者几希。

日本人做汉诗，可以来同中国人唱和，这是中国文人所觉得顶高兴的一件事，大有吾道东矣之叹。王之春《东游日记》卷上光绪五年十一月初三日纪与黄公度参赞相见，次日有题《日本杂事诗》后四绝句，其四云：

自从长庆购鸡林，香爇随园直到今，

他日新诗重谱出，应看纸价贵兼金。

即是承上边这首诗而来，正是这种意思，定本却全改了，诗云：

岂独斯文有盛衰，旁行字正力横驰，

不知近日鸡林贾，谁费黄金更购诗。

注仍如旧，唯末尾“往往逼唐宋”之后改云：

近世文人变而购美人诗稿，译英士文集矣。

就上文所举出来的两例，都可以看出作者思想之变换，盖当初犹难免缘饰古义，且信且疑，后来则承认其改从西法革故取新，卓然能自树立也。胡适之先生在《五十年来中国之文学》中叙黄君事云：

当戊戌的变法，他也是这运动中的一个人物。他对于诗界革命的动机似乎起得很早。

他在早年的诗中便有“我手写我口”的主张，《日本国志》卷三十三《学术志》论文字处谓中国将有新文体新字体①可以发生，末云：

周秦以下文体屡变，逮夫近世，章疏移檄告谕批判，明白晓畅，务期达意，其文体绝为古人所无，若小说家言更有直用方言以笔之于书者，则语言文字几几乎复合矣，余又乌知夫他日者不更变一文体为适用于今通行于俗者乎。嗟乎，欲令天下之农工商贾妇女幼稚皆能通文字之用，其不得不于此求一简易之法哉。

黄君对于文字语言很有新意见，对于文化政治各事亦大抵皆然。此甚可佩服，《杂事诗》一编，当作诗看是第二着，我觉得最重要的还是看作者的思想，其次是日本事物的纪录。这末一点从前也早有人注意到，如《小方壶斋舆地丛钞》中曾钞录诗注为《日本杂事》一卷，又王之春著《谈瀛录》卷三四即《东洋琐记》，几乎全是钞袭诗注的，《杂事诗》讲到画法有云：

有边华山椿椿山得恽氏真本，于是又传没骨法。

《东洋琐记》卷下引用而改之曰：

> 有边华山椿家。山椿得恽氏真本，于是传没骨法。

却不知边华山椿椿山原是两人，椿山就姓椿，华山原姓渡边，因仿中国称为边华山，现代文人佐藤春夫亦尚有印文曰藤春也。王君把他们团作一个人，虽是难怪，却亦颇可笑。定稿编成至今已四十六年，记日本杂事的似乎还没有第二个，此是黄君的不可及处，岂真是今人不及古人欤。

民国廿五年三月三日，于北平。

［补记］《杂事诗》第一版同文馆聚珍本今日在海王村书店购得，书不必佳，只是喜其足备掌故耳。

五月廿六日记。

【锺校】

①“新文体新字体”原作“新字体新字”。

《书法精言》

偶得《书法精言》二册，首题新昌王滨洲编辑，乾隆辛卯新镌，三树堂藏板。书凡四卷，分执笔与永字八法，统论，分论，临摹，评论法帖等项，本庸陋无聊，我之得此只因系禁书耳。卷首有自序云：

书者，六艺之一也。夫子曰，行有馀力，则以学文。书亦文中一事，是弟子不可以不学也。又曰，游于艺。是成德者不可以不事也。自古明王硕辅，瑰士英流，莫不留心笔迹，其寿于金石者亘千载而如新，孰谓斯道小伎而非士君子亟宜留心哉。故范文正公与苏才翁曰，书法亦要切磋，未是处无惜赐教。况自唐以书判取士，于今为烈，凡掇巍科而擢翰苑者靡不由是而升。士生今日而应科举，求工制艺而不留神书法，抑亦偏矣。但地有悬殊，遇有得失，尝有卓然向上者或不能亲名哲之辉光，指授笔阵，又无奇书秘旨以浚发其心胸，蹉跎有用之岁月，莫窥羲献之藩篱者，不知凡几。噫嘻，书谱之纂岂不贵哉。顾或言焉而不详，详焉而不精，仍无以作墨池之桴筏，以登于岸。近世不少纂录，戈氏为善，然犹未备也。钦惟我国家列圣相承，龙章凤藻，照耀星汉，而佩文书画之纂，搜罗今古，囊括宇内，焕乎若日月之昭回矣，惜下邑不获多见，贫士又艰于觏求。鲰生以庚辰落第，肄业都下，恭求其本，杜门三月，得其言之尤精及夙闻于诸家者，汇为一集，约分四卷，名曰《书法精言》，借以自课也。窃念少壮蹉跎，授受无自，又性好纂录，信手涂鸦，陵迟以至于今日，中实愧恨。然实而课颖底之龙蛇，尚惭池烟之未黑；虚而玩案头之波磔，庶几笔髓之旁融。今虽马齿加长，尤愿孜孜焉日就月将，黾勉翰墨之场，以追袭古人之后尘，斯为快也已。乾隆辛卯年九月廿三日，舟过韩庄闸，豫章滨洲王锡侯书。

王锡侯的《字贯》案，在民国六年出版的《心史丛刊》三集中孟先生有一篇叙述，故宫博物院出版的《清代文字狱档》已出至第九集，却还没有讲到这案。据《东华录》载乾隆四十二年（一七七七）王泷南告发王锡侯编《字贯》一书，诋斥《字典》，结果查出凡例中将玄烨胤禛弘历字样开列，定为“大逆不法”，照大逆律问拟，以申国法而快人心。王锡侯编著各书不问内容如何，也都一律禁毁。孟先生文中云：

> 又据《禁书总目》所载应毁王锡侯悖妄书目，有《国朝诗观》前集二集，有《经史镜》，有《字贯》，有《国朝试帖详解》，有《西江文观》，有《书法精言》，有《望都县志》，有小板《佩文诗韵》，有翻板《唐诗试帖详解》，有《故事提要录》，有《神鉴录》，有《王氏源流》，有《感应篇注》。今各书皆未之见，仅见《经史镜》一种，于其序跋见王锡侯之生平，于其义例见锡侯著书之分量，此亦谈故事者之一大快矣。

孟先生根据《经史镜》的跋查出锡侯生于康熙五十二年癸巳（一七一三），《经史镜》刊成于乾隆丙申，即被逮的前一年，年六十四，《书法精言》序云辛卯，盖五十九岁时作也。锡侯之为人，孟先生亦从序跋中略为研究，称其盖亦一头巾气极重之腐儒，批评极当。《经史镜》所分门目既多可笑，如首以庆殃报复，次以酒色财气四戒，孟先生已称其义例粗鄙，又如所著书[1]有《感应篇注》，书虽未见，内容亦可想而知，总之不出那庸妄的一路罢了。此外如《佩文诗韵》

《试帖详解》等，都是弋取功名的工具，《书法精言》亦是其一，读序文可知，文章既欠通顺，思想尤为卑陋，只似三家村塾师所为，连想起龚定庵的《干禄新书序》来，觉得有天壤之殊，像定公的才真够得上狂悖讪谤的罪名，锡侯哪里配呢？孟先生论锡侯的学问人品云：

> 生平以一举乡试为无上之荣，两主司为不世之知己，此皆乡曲小儒气象，决非能有菲薄朝廷之见解者。……观其种种标榜之法，锡侯之为人可知，要于文字获罪，竟以大逆不道伏诛，则去之远矣。陋儒了无大志，乃竟如后世所谓国事之犯，以国家仇此匹夫，亦可见清廷之冤滥矣。

王锡侯实在是清朝的顺民，却正以忠顺而被问成大逆，孟先生谓其以临文不讳之故排列康熙雍正乾隆三帝之名，未免看得太高，其实恐怕还是列举出来叫人家避用，不过老实地排列了，没有后人那样聪明，说上一字是天地某黄之某，所以竟犯了弥天大罪耳。康熙中出版的王弘撰的《山志》凡例中有云：

> 国讳无颁行定字，今亦依唐人例但阙一笔。

可见在清初这种事本不怎么严密规定，又看见康熙时文人的手稿或抄本，玄字亦不全避，盖当时或者就很随便，锡侯习焉不察或不能观察世变，在《南山集》

《闲闲录》各案发生之后，犹漫不经心，故有此祸。

其实这也不能责备锡侯，专制之世，闭门家里坐，祸从天上来，他自己亦不知道也。孟先生在论《闲闲录》案中云：

> 实则草昧之国无法律之保障，人皆有重足之苦，无怪乾嘉士大夫屏弃百务，专以校勘考据为业，借以消磨其文字之兴，冀免指摘于一时，盖亦扪舌括囊之道矣。

孟先生写此文时在民国六年，慨乎其言之，今日读此亦复令人慨然也。

查北平图书馆《善本书目乙编》四总集类有《国朝诗观》十六卷，清王锡侯编，清乾隆三树堂刻本，盖是初集也。文化南渡，善本恐麇集于上海滩上矣，此《诗观》亦不知何时可以有一见的眼福，孟先生所说的《经史镜》似亦未必在北平，然则我所有的破烂的两册《书法精言》岂非《字贯》案中现在仅存②的硕果乎。书虽不佳却可宝贵，其中含有重大的意义，因为这是古今最可怕的以文字思想杀人的一种蛮俗的遗留品，固足以为历史家的参考，且更将使唯理论者见之而沉思而恐怖也。

民国廿五年三月十日，于北平知堂。

［附记］“清代文字狱考”与“禁书书目提要”，都是研究院的好题目，只可惜还没有人做。图书馆也该拼出一笔冤钱，多搜集禁书，不但可以供研究者之用，实在也是珍籍，应当宝重，虽然未必是善本。禁书的内容有些很无聊，如《书法精言》即是，上文云冤钱者意即指此，然而钱虽冤却又是值得花者也。

【锺校】

①“书”原作“诗”。

②“存”原作“在”。

文学的未来

日本现代诗人萩原朔太郎著散文集《绝望之逃走》中有一篇小文，题曰《文学的未来》，今译述其大意云：

读这一件事是颇要用力的工作。人们凭借了印刷出来的符号，必须将这意思诉于脑之理解，用自己的力去构成思想。若是看与听则与此相反，都容易得多。为什么呢？因为刺激通过感觉而来，不必要自己努力，却由他方把意思自兜上来也。

但是在现今这样的时代，人们都是过劳，脑力耗费尽了的时代，读的事情更觉得麻烦了。在现今这样的时代，美术音乐特被欢迎，文学也就自然为一般所敬远。特别又有那电影，夺去了文学的广大领域，在现今时代，只有报纸还有读者。但是就是那报纸，也渐觉得读的麻烦，渐将化为以视觉为本位的画报。现在最讲经济的商人们大抵不大读报纸，只去听无线电，以图时间与脑力之节省。最近有美国人豫想电报照相法的完成，很大胆地这样公言。他说在近的将来报纸将要消灭，即在今日也已经渐成为落伍的东西了。假如报纸还要如此，那么像文学这样物事自然更只是古色苍然的一种旧世纪的存在罢了。

文学的未来将怎样呢？恐怕这灭亡的事断乎不会有吧。但是，今日以后大众的普遍性与通俗性将要失掉了吧。而且与学问及科学之文献相同，都将引退到安静的图书馆的一室里，只等待特殊的少数的读者吧。在文学本身上，这样或者反而将使质的方面能有进步亦未可知。

萩原的话说的很有意思，文字虽简短而含有丰富的意义。读的文学之力量薄弱，他敌不过听的唱歌说书，看的图绘雕刻，以及听看合一的戏剧，原是当然的，不过近来又添了无线电，画报，以及有声电影，势头来得更凶猛了，于是就加速度地完成了他的没落。这些说来似乎活现一点，其实也浪漫了一点，老实说文学本来就没有浮起来过，他不曾爬得高，所以也不怎么会跌得重。他的地位恐怕向来就只在安静的图书馆的一角，至少也是末了总到这一角里去，即使当初是站在十字街头的。我想文艺的变动终是在个人化着，这个人里自然仍含着多量的民族分子，但其作品总只是国民的而不能是集团的了。有时候也可以有一种诚意的反动，想复归于集团的艺术，特别是在政治上想找文学去做帮手的时候，也更可以有一种非诚意的运动，想用艺术造成集团，结果都是不如意。这原是不足怪的。集团的艺术如不是看也总是听，不然即难接受。儿童喜看“小人书”，文理不大通的人喜念新闻，便是家书也要朗诵，这都是读也不能离开看与听的证据，若单是读——即使如朱晦庵所说十目一行地读，那是不很容易的玩艺儿。荷马的史诗，三家的悲剧，莎士比亚的戏曲，原来都是在市场（Agora）唱演过的，看客一散，写成白纸黑字，又传了千年百年，大家敛手推服，认为古今名作，可是读起来很是艰难了，很艰难地读懂了之后自然也会了解他的好处，可是原来所谓大众的普遍性与通俗性却是早已失掉了。一个文人如愿意为集团服务，可以一直跑到市场去，湔除一己的性癖，接受传统的手法与大众的情绪，大抵会得成功，但这种艺术差不多有人亡政熄之悲，他的名望只保得一生，即使他的底稿留存，无论是《三国》《水浒》那么好，一经变成文学，即与集团长辞，坐到安静的图书馆的一角里去，只有并不特殊也总是少数的读者去十目一行地读读而已。我相信读这一件事实在是非常贵族的，也是很违反自然的，古人虽说啄木鸟会画符，却总不曾听说大猩猩会得通信，所以仓颉造天地玄黄等字而鬼夜哭，实在不是无故的吧。写而不是画，要读了想而不是念了听的，这样的东西委实很是别扭，我想是无法可以改良的。他的命运大约是如萩原所说，最好让他去没落，去成为古色苍然的旧世纪的存在，在别一方面如要积极地为集团服务或是有效地支配大众，那么还是去利用别的手段，一句话就是凡可以听可以看或可以听且看的，如音乐美术，画报戏曲有声电影，当更可胜任愉快。世界上如肯接收这个条陈，采用看与听的东西去做宣传，却将读的东西放下了，这还可以有一种好处，即世间可得到一点文学的自由，虽然这还说不到言论的自由。文学既不被人利用去做工具，也不再被干涉，有了这种自由他的生命就该稳固一点了，所以我的意思倒有几分与萩原相同，对于文学的未来还是抱点乐观的。

三月十四日。

《王湘客书牍》

今日从旧书店买了一册尺牍残本，只有四十六页，才及原书八分之三，却是用开花纸印的，所以破了一点钞买了回来。书是后半册，只板心题曰《王湘客书牍》，卷尾又云《薄游书牍》，看内容是明临沂王若之所著，自崇祯九年丙子至乙酉，按年编排，共存书牍六十四首，其甲申年三首中有一书完全铲去，连题目共留空白七行，此外说及虏胡等处亦均空白，盖板刻于清初而稍后印者欤。编年干支照例低一格写，乙酉上则尚有二字，今已铲去，小注云："年五十三岁，在南守制，值国大变，（缺四字）弃家而隐。"所列三书皆可抄，寄张藐山冢宰云：

客冬襄垣叩谒，方知移寓宛陵，向绝鱼鸿，起居应善。自凤麟去国，枭獍当朝，倾覆沦亡，一旦至此。（缺十字）不孝即日弃家，再远匿矣。夜行昼伏，背负衰慈，锋镝荆榛，途欺仆叛，万千毒苦，始抵湖阳，哀此茕茕，寄栖何所。思近堂翁僦屋安顿，倘蒙委曲，深感帡幪。

答友人云：

不孝忝为士夫，虽不在位，莫效匡扶，正惟草莽之中，当勖从一之节，一心坚定，百折何辞，至于身家，久付之敝屣矣。劝言若爱，实未敢闻，口占附呈，此血墨也。

乙酉仲夏书。（此五字低一格小字，或系诗题亦未可知。）

腐儒无计挽颓纲，荆棘崎岖但隐藏。

见说□□心尽□，故令率土病成狂。

抱头掷主周妻子，□□□□预表章。

天堑江流空日夜，吞声孤泪与俱长。

诗亦是小字，上有眉批云："狂澜砥柱，一□千钧。"一字底下看意义与痕迹似应是发字，不知何以违碍，岂友人乃来劝剃发者乎。又答友人云：

（缺十四字）自古未闻仁者而失天下。一治一乱，其惟时使之乎。

这三封信没有多大重要，不过可以知道他是一位遗老，末了一信乃是亡天下后的感情上的排遣话，其实是未必然，而且他的其他书牍所给予我们的教训也并不是这样说。《薄游书牍》的好处，我觉得与从前读陶路甫《拜环堂集》的尺牍相同，是在告诉我们明末官兵寇虏这四种的事情。照这些文章看来，寇与虏的发展差不多全由于官与兵的腐败，丙子年《答京贵》云：

不肖负疴入山深矣，嫠纬不恤而漆室过忧谈天下事乎。明问谆谆，不忍有负虚心之雅；君亲并念，亦何敢作局外之观。窃惟寇蹂躏五六省，虏跳梁十馀年，丧失虔刘，征求饥馑，天下亦甚病矣。以刍荛之愚，急则治标，策虏无攻法，策寇无守法，策财无损下之法。无攻法须守，无守法须攻，无损下之法须上节。

这所说的实在很有见识，但是这样自然就无人赞成，而且实行也有困难，如关于“上节”他的办法里有这几句话：

上供岁六百万，倘暂减百万。宗禄岁千万，倘暂减二三百万。上供金花籽粒即不容减，颜料油漆丝缕香蜡稍减一二可委曲也。宗禄中尉以下日用所资亦不议减，藩王郡王将军世子厚禄赡养，报本同仇，十贡二三，捐之一时，正欲享之千世也。如斯递节，以代民输。

此意虽善，明末君臣岂能行哉。书末原有小字批云：

此王少参昔年画议，今局已变，寇果合，兵

愈费，财愈绌，虏愈横矣。惜也。

王湘客在南京多管粮饷事，书中常言饷乏，却尤愁民穷，这思想本是平常，但大可佩服，他盖知道饿死事大也。如前书中曾云：

上之节谈何容易，奈至今日下已无可损矣。窃谓止沸不在扬汤，治标必须探本，乱之本因民穷，民穷始盗起，盗起始用兵，用兵始赋重，赋重民益穷，民益穷盗益起，由今之道非策也。

戊寅年《上督师书》中云：

日前民穷盗起，今也民极盗增，可见此时患无苍赤，不患无兜鍪也。

壬午年《与六部揭，为江左阽危不在巨贼窥伺而在盗臣蠹空事》有云：

军粮欠断六个月，兵饷欠断四个月，盐菜欠断二十个月，荷戈怨怒，夕不谋朝。

庚辰冬答詹侍御书中云，若能得二万两发各营八月之饷，“庶乎各兵相信，尚肯忍饥忍寒从容俟我讲求催讨”。那么这方面也很不成样子，而其原因则如《与六部揭》所云：

躯壳空立，血脉全枯。大老一仕肥家，田庐遂连滇黔两省矣。昔人有言，天下有穷国穷民而无穷士大夫，此之谓也。

眉批四字云："时之痼疾。"

辛巳年书牍最多，共有二十九首，其中数书述流寇事亦大可参考，今只取答史道邻漕抚书为代表，后半云：

> 贼骑约七八百，妇女五六百，步数百，舁两棺，每棺舁者六十馀人，内皆银也，又抬十三鞘，驴骡负载不计数。累坠骄懈，顿一面坚闭之城下，临一面大淮之水边，咫尺方隅，正是自投死地。计凤镇骑兵千馀，步火三千，向使夜半一鼓，可尽歼此贼，不则两面围蹙，绝其人马之食，三日自毙。古昔军储不靠朝供，率因粮于敌，如剿此幺么一枝，即可坐得饷银十数万，不省四府穷民两年供输乎。乃当事者闭门不惹，反给牌导之过淮，入豫大伙矣，想纵虎养虎，各处皆类此也。语云，两叶不剪，将寻斧柯。百日难收，一时失策，付之浩叹而已。

三百年后人读此书亦不禁浩叹，给牌导之过淮似稍过分，但类似的事则古今盖多有也。中国多文盲，即识字者亦未必读明末稗史，却不知何以先圣后圣其揆若一，《拜环堂尺牍》中所记永平遵化之附虏，《薄游书牍》中所记临淮凤阳之纵寇，真如戏台上的有名戏文，演之不倦，看之亦不厌。不晓得有什么方法，可以使不再扮演，不佞却深愧不能作答也。

书牍中也有些可读的文章。从前我抄陶路甫的尺牍，引他一篇《寄王遂东工部》，这里在丁丑年也有一篇《柬王季重兵宪》，就把他抄在下面：

恭惟老先生旷代绝才，千秋作者，文章憎达，早返初衣，固知世上浮云，名山不朽，而有道自许，终在此不在彼耳。若之无似，生于患难，长于困穷，不读不耕，三番苟仕，犹未即抛鸡肋，益羡千仞凤翔为不可企及已。兹也就食白下，奈两人皓首怀乡，雁户无停，浮家难定，抑又苦矣。所幸去居甚近，仰斗尤殷，敬肃八行，用布归往。芜秽之稿，友欲木灾，实是废簏久尘，不敢一示有道，老先生可片言玄宴，使若之感附骥飞扬乎。冒昧奉书，主臣曷已。

这原是寻常通问的信，但说得恰好，不是瞎恭维，我们不好说是文学上的一派，总是声气很相通的，所以要请他做序，只不知道这是什么书，查《谑庵文饭小品》，可惜也不见这些文章，或者是在那六十卷的大《文饭》里罢，这就不可得而知了。戊寅年《柬宋喜公大令》云：

客子病，细雨天，知己远移，黯然曷已。

辛巳年《答友人》云：

> 敝乡山中气候，六七月似江南四五月，每岁竟似少一六月而多一腊月。寒犹可御，暑何所施，所以妻孥止觉南中之苦。

眉批云："话故山令人神往。"但是也只是这两篇稍为闲适，而其中亦仍藏着苦趣，若是别篇便更了然。庚辰年《寄友人》云：

> 离群之雁，形影自怜，蚊睫之栖，飘摇不定，屋梁云树，我劳如何。伏承道履崇佳，景福茂介。不屑弟烽烟刺目，庚癸煎心，伛偻疲筋，簿书鞅掌，风雅扫地尽矣，尚能蒙濠观化，仿高斋鱼乐笑谈也乎。孤城孤抱，真苦真愁。忽届中秋，流光可讶，缅惟五载东西南北，未能与家人父子一看团圞。仕隐两乖，名实俱谬，重可慨也。

辛巳寄杨云峤书中自称"惟弟日夕自忙自乱自愁自叹而已"，可以知道他的景况，但是忙了愁了多少年，结果只落得以"其惟时使之乎"排遣，此又是可令后人为之浩叹者也。

王湘客的诗似乎不大佳，前引乙酉年作一首可见。辛巳年答叶瞻山掌道书后有元宵邸中四首，其二云：

> 回忆来官日，陵京不可支。
> 年荒催窃发，冬暮满流移。

列卫寒求纩，团营饥索炊。

拮据兼昼夜，寝食几曾知。

如以诗论不能说好，今只取其中间有意思有本事。据书中下半云：

十五日抽签后因借司寇银又趋上元县。一病痢委顿之人，独坐一下湿上漏八面受风无人形影之空堂，候至漏下始兑银，二鼓仍收库，回寓不及门则暴下几绝，实不知宵之为节而节之为佳也。

此即是“上元日坐上元县”的故事，节既不佳，则诗之不能佳可无怪矣。

廿五年三月十九日，在北平。

[附记] 近日在市上又搜得杂著二种，一为《涉志》一卷，前有会稽沈存德序，起乙卯（万历四十三年）仲春，讫戊午季冬，记南北行旅颇有情致，盖二十三至二十六岁时事也。一为《王湘客诗卷》二卷，录五七言律诗各百首，续一卷，五六七言绝句百首。《续诗卷》中有《苦雨十首》，今录其二三四章云：

栟幪得意新，拂试明精舍，

乃我照盆看，其颜色都夜。

×

失日惊通国，双眸视未能，
不教欺暗室，白昼欲燃灯。

×

庑下客衾单，檐前听急雨，
无聊怯溜喧，复怪鸡声苦。

诗仍不见得好，不过自有其特色，故举此以见一斑耳。

四月三日又记。

《蒿庵闲话》

对于蒿庵张尔岐的笔记，我本来不会有多大期待，因为我知道他是严肃的正统派人。但是我却买了这两卷闲话来看，为什么呢？近来我想看看清初人的笔记，并不能花了财与力去大收罗，只是碰着可以到手的总找来一看，《蒿庵闲话》也就归入这一类里去了。这是嘉庆时的重刻本，卷末蒋因培的附记中有云：

> 此书自叙谓无关经学不切世务，故命为闲话，然书中教人以说闲话看闲书管闲事为当戒，先生邃于经学，达于世务，凡所札记皆多精义，固非闲话之比。

据我看来，这的确不是闲话，因为里边很有些大道理，如卷一有一则上半云：

> 明初学者宗尚程朱，文章质实，名儒硕辅，往往辈出，国治民风号为近古。自良知之说起，

人于程朱始敢为异论，或以异教之言诠解六经，于是议论日新，文章日丽，浸淫至天启崇祯之间，乡塾有读《集注》者传以为笑，《大全》《性理》诸书束之高阁，或至不蓄其本。庚辰以后，文章猥杂最甚，能缀砌古字经语犹为上驷，俚辞谚语，颂圣祝寿，喧嚣满纸，圣贤微言几扫地尽，而甲申之变至矣。

下文又申明之曰：

追究其始，菲薄程朱之一念实渐致之。

《钝吟杂录》卷二“家戒下”斥李卓吾处，何义门批注云：

吾尝谓既生一李卓吾，即宜一牛金星继其后矣。

二公语大妙，盖以为明末流寇乃应文运而生，此正可代表中国正统的文学批评家之一派也。但是蒿庵也有些话说得颇好，卷一有一则云：

韩文公《送文畅序》有儒名墨行、墨名儒行之语，盖以学佛者为墨，亦据其普度之说而以此名归之。今观其学，止是摄炼精神，使之不灭，方将弃伦常割恩爱，以求证悟，而谓之兼爱可乎。又其《送文畅北游》诗，大以富贵相夸诱，至云酒场舞闺姝，猎骑围边月，与世俗惑溺人何

> 异。《送高闲序》“为旭有道”一段，亦以利害必明、无遗锱铢、情炎于中、利欲斗进为胜，于一死生、解外胶，皆不类儒者。窃计文畅辈亦只是抽丰诗僧，不然必心轻之矣。

那样推尊程朱，对于韩文公却不很客气，这是我所觉得很有兴趣的事。前两天有朋友谈及，韩退之在中国确也有他的好处，唐朝崇奉佛教的确闹得太利害了，他的辟佛正是一种对症药方，我们不能用现今的眼光去看，他的《原道》又是那时的中国本位文化的宣言，不失为有意义的事，因为据那位朋友的意思，印度思想在中国乃是有损无益的，所以不希望他发达，虽然在文学与思想的解放运动上这也不无用处。他这意见我觉得[①]也是对的，不过不知怎的，我总不喜欢韩退之与其思想文章。第一，我怕见小头目。俗语云，大王好见，小鬼难当。我不很怕那大教祖，如孔子与耶稣总比孟子与[②]保罗要好亲近一点，而韩退之又是自称是传孟子的道统的，愈往后传便自然气象愈小而架子愈大，这是很难当的事情。第二，我对于文人向来用两种看法，纯粹的艺术家，立身谨重而文章放荡固然很好，若是立身也有点放荡，亦以为无甚妨碍，至于以教训为事的权威们，我觉得必须先检查其言行，假如这里有了问题，那么其纸糊冠也就戴不成了。中国正统道学家都依附程朱，但是正统文人虽亦标榜道学而所依附的却是韩愈，他们有些还不满意程朱，以为有义理而无文章，如桐城派的人所说。因为这个缘故，我对于韩退之便不免要特别加以调验，看看这位大师究竟是否有此资格，不幸看出好些漏洞来，很丢了这权威的体面。古人也有讲到的，已经抄过了四五次，这回看见蒿庵别一方面的话，觉得也还可取，所以又把它抄下来了。

蒿庵自己虽然是儒者，对于“异端”的态度还不算很坏。卷一记利玛窦事云：

> 要之历象器算是其所长，君子固当节取，若论道术，吾自守家法可耳。

卷二论为学云：

> 杂家及二氏，药饵也，投之有沉疴者立见起色，然过剂则转生他病，或致杀人。

又有一则云：

> 与僧凡夫语次及避乱事，曰，乱固须避，然不可遂失常度，命之所在巧拙莫移，若只思苟免，不顾理义，平生学问何在。又余怒一人，僧移书曰，学者遇不如意事，现前便须为判曲直，处分了即放开心胸，令如青天白日，若事过时移尚自煎萦，此是自生苦恼也。

此僧固佳，但蒿庵能容受，如上节所云，“自恨弱植，得良友一言，耳目加莹，血气加王”，自亦难得。我与凡教徒都是隔教，但是从别一方面说，也可以说都有点接近，只是到了相当的距离就有一种间隔，不能全部相合或相反也。何燕泉本陶集中引《庐阜杂记》云：

> 远师结白莲社，以书招渊明。陶曰，弟子嗜酒，若许饮即往矣。远许之，遂造焉。因勉令入社，陶攒眉而去。

这件事真假不可知，我读了却很喜欢，觉得甚能写出陶公的神气，而且也是一种很好的态度，我希望能够学到一点，可是实在易似难，太史公曰，虽不能至，心向往之矣。

《闲话》卷一有一则说《诗经》的小文，也很有意思，文云：

> 《女曰鸡鸣》第二章，琴瑟在御，莫不静好，此诗人拟想点缀之辞，若作女子口中语似觉少味。盖诗人一面叙述，一面点缀，大类后世弦索曲子，三百篇中述语叙景，错杂成文，如此类者甚多，《溱洧》及[3]《鸡鸣》皆是也。溱与洧亦旁人述所闻所见演而成章，说家泥《传》淫奔者自叙之辞一语，不知女曰士曰等字如何安顿。

近世说《诗》，唯姚首源及郝兰皋夫妇颇有思致，关于《女曰鸡鸣》亦均未想到，蒿庵所说算是最好了。关于《溱洧》，姚氏云：

序谓淫诗，此刺淫诗也，篇中士女字甚多，非士与女所自作明矣。

郝氏则云：

序云，刺乱也。瑞玉曰，郑国之俗，三月上巳修禊溱洧之滨，士女游观，折华相赠，自择昏姻，诗人述其谣俗尔。

王夫人所说新辟而实平妥，胜于姚君，诗人述其谣俗与旁人述所闻所见演而成章，大意相同，而蒿庵复以弦索曲子比三百篇，则说得更妙，《闲话》二卷中此小文当推压卷之作了。我举上边评韩退之语，或尚不免略有意气存在，若此番的话大约可以说是大公无私了罢。

廿五年三月廿八日于北平。

【锺校】

①“得”原作“是”。

②“与”原作“舆”。

③“及”原作“齐”。

《鸦片事略》

查旧日记第二册，在戊戌（一八九八）十二月十三日下有一项记事云：

> 至新试前，购《思痛记》二卷，江宁李圭小池撰，洋一角。

小池于咸丰庚申被掳，在长毛中凡三十二月，此书即记其事，根据耳闻目睹，甚可凭信，读之令人惊骇，此世间难得的鲜血之书也。我读了这书大约印象甚深，至民国十九年八月拿出来看，在卷头题字数行云：

> 中国民族似有嗜杀性，近三百年张李洪杨以至义和拳诸事即其明征，书册所记录百不及一二，至今读之犹令人悚然。今日重翻此记，益深此感，呜呼，后之视今亦犹今之视昔乎。

李小池后来做了外交官，到过西洋，著有游记等书，我未得见。孙产清《寄龛丙志》卷四云：

近阅李小池圭《游览随笔》，载强水棉花，云以强水炼成，有干湿两种，干者得火即发，湿者置火中可以二刻不燃，以电线发之，方三寸，厚寸许，重不过二两者，百步外能震巨石成齑粉。

所记盖是棉花火药欤。又所著有《鸦片事略》，近日在北平市上获得一部，其价却比《思痛记》要高了三十倍了。书凡两卷，光绪二十一年（一八九五）刻，后于《思痛记》十五年，版式却是一样，很觉得可喜。卷首说明著书的宗旨云：

鸦片为中国漏卮，为百姓鸩毒，固尽人知之，而其于郡县流行之本末，禁令弛张之互用，与夫英人以售鸦片而兴戎乞抚，又以恶鸦片而设会劝禁，三百年来之事，则未必尽人知之。用就见闻所及，或采自他书，或录诸邮报，荟萃成此，附以外国往来文牍，曰《鸦片事略》。

由此可知这是鸦片文献的重要资料，北平图书馆之有翻印本也可以作证，我所留意的却不全在此，只是想看看中国人对于鸦片的态度，其次是稍找民俗的资料而已。这种材料在道光十八年湖广总督林则徐奏中找得一点，乃是关于烟具的：

查吸烟之竹杆谓之枪，其枪头装烟点火之具

又须细泥烧成，名曰烟斗。凡新枪新斗皆不适口，且难过瘾，必其素所习用之具，有烟油积乎其中者，愈久而愈宝之。此外零星器具不一而足，然尚可以他具代之，唯枪斗均难替代，而斗比枪尤不可离。

又云：

如烟枪固多用竹，亦间有削木为之，大抵皆烟袋铺所制，其枪头则裹以金银铜锡，枪口亦饰以金玉角牙，又闻闽粤间又有一种甘蔗枪，漆而饰之，尤为若辈所重。其烟斗自广东制者以洋磁为上，在内地制者以宜兴为宝。恐其屡烧易裂也，则亦包以金银，而发蓝点翠，各极其工。恐其屡吸易塞也，则又通以铁条，而矛戟锥刀，不一其状。

在奏折中本来不易详叙，却也已写得不少，很是难得，所云甘蔗枪在小时候曾经看见过，烟斗与烟签子也有种种花样，这倒都是中国的自己创造。《鸦片事略》卷上记罂粟花云：

产土耳基波斯多白花白子，产印度者两种，一亦白花白子，一红花黑子，平原所植俱白花，出喜马拉山俱红花。法国人以其子榨油，香美，颇好之，英人亦用其浆为药材。印人则取干块为饼，嚼食款客，南洋诸岛有生食者，俾路芝以西各部酋皆酷嗜之，亦生食也。明末苏门答腊人变生食为吸食，其法先取浆蒸熟，滤去渣滓复煮，和烟草末为丸，置竹管就火吸食。

又云：

康熙二十三年海禁弛，南洋鸦片列入药材，每斤征税银三分。其时沿海居民得南洋吸食法而益精思之，煮土成膏，镶竹为管，就灯吸食其烟。不数年流行各省，甚至开馆卖烟。

我曾听说鸦片烟的那种吸食法是中国所发明，现在已得到文献的证明了，烟具的美术工艺虽然是在附属的地位，但是其成绩却亦大有可观也。

中国人对于鸦片烟的态度是怎样呢？人民似乎是非吃不可，官厅则时而不许吃时而许吃，即所谓禁令张弛之互用也。雍正中的办[①]法是：

兴贩鸦片烟者，照收买违禁货物例，枷号一月，发近边充军。私开鸦片烟馆引诱良家子弟者，照邪教惑众律，拟绞监候。

吸食者没有关系。嘉庆中改正如下：

开馆者议绞，贩卖者充军，吸食者杖徒。

道光中议严禁，十九年五月定有章程三十九条，中云：

开设烟馆首犯拟绞立决。

×

一吸烟人犯均予限一年六个月，限满不知悛改，无论官民概拟绞监候。

×

一制卖鸦片烟具者照造卖赌具例分别治罪。

三年后江宁条约签字，香港割让，五口通商，烟禁复弛，至于戊戌。《事略》卷末论禁烟之前途云：

今日印度即不欲禁，风会所至，非人力能强，必有禁之之日，禁之又必自易罂粟而植茶始。中国土烟既收税厘，是禁种罂粟之令大弛，民间种植必因之渐广，或至尽易茶而植罂粟，数十年后中国或无植茶地，印度则广植之，中国无茶以运外洋，印度亦无鸦片以至中国，漏卮塞矣，利源涸矣，而民间嗜食者亦必犹淡巴菰之人人习为固常，则亦不禁之禁，弛而不弛矣。

这一节文章我读了好几遍，不能完全明白他的意思，似讽刺，似慨叹，总之含有不少的幽默味，而亦很合于事实，又不可不谓有先见之明也。现今鸦片已不称洋药而曰土药，在店吸食则云试药，早已与淡巴菰同成为国货矣，中国自种罂粟而印度亦自有茶，正如所言，然则鸦片烟之在中国恐当以此刻现在为理想的止境欤。

一八七五年伦敦劝禁鸦片会禀请议院设法渐令印度减植罂粟，议院以四端批复，其首二条云：

鸦片为东方人性情所好，日所必需，一也。华人自甘吸食，与英何尤，二也。

道光十六年太常寺少卿许乃济上言请弛鸦片之禁，中有云：

究之食鸦片者率皆浮惰无志不足轻重之辈。

这些话都似乎说得有点偏宕，实在却似能说出真情，至少在我个人看去是如此。去年四月里写了一篇《关于命运》，末后有一节话是谈这个问题的，我说：

第一，中国人大约特别有一种麻醉享受性，即俗云嗜好。第二，中国人富的闲得无聊，穷的苦得不堪，以麻醉消遣。有友好之劝酬，有贩卖之便利，以麻醉玩耍。卫生不良，多生病痛，医药不备，无法治疗，以麻醉救急。如是乃上瘾，法宽则蔓延，法严则骈诛矣。此事为外国或别的殖民地所无，正以此种癖性与环境亦非别处所有耳。我说麻醉享受性，殊有杜撰生造之嫌，此正亦难免，但非全无根据，如古来的念咒画符读经惜字唱皮黄做八股叫口号贴标语皆是也，或以意，或以字画，或以声音，均是自己麻醉，而以药剂则是他力麻醉耳。

我写此文时大受性急朋友的骂，可是仔细考察亦仍无以易吾说，即使我为息事宁人计删除口号标语二项，其关于鸦片的说法还是可以存在也。至于许君所说，不佞亦有相同的意见，不过以前只与友人谈谈而已，不曾发表过。但是，这里也有不同的地方。许君只说烟民都是浮惰无志不足轻重之辈，所以大可任其胡里胡涂的麻醉到死。社会的事由不吃鸦片的人去做，只消多分担一点子就可以过去了。若照我的看法，麻醉的范围推广了，准烟民的数目未免太多，简直就没有办法。对于真烟民向来一直没有法子，何况又加上准烟民乎，我想大约也只好任其过瘾。写到这里乃知李小池真有见识，我读其《思痛记》将四十年犹不曾忘，今读《鸦片事略》，其将使我再记忆他四十年乎。

廿五年四月九日，北平。

[附记] 上文写了不久就在《实报》上看见王柱宇先生的两篇文章，都很有价值，十一日的一篇是谈烟具的，有许多事情我都不知道，十日的文章题为《土药店一瞥》，记北平樱桃斜街的鸦片烟店情形，更是贵重的资料。今抄录一部分于下：

我向柜上说了声，掌柜辛苦。他说，你买什

么？我说，借问一声，我买烟买土，没有登记的执照，可以吗？他说，有钱就卖货，不要执照，因为从我们这里买去的烟或是土，纸包上都贴有官发的印花，印花上边印着一条蛇一只虎，纸的四角印有毒蛇猛虎四字，这种意思便表示是官货，不是私售。

后来掌柜的又说：

你如果愿意在这里抽，里边有房间，每份起码两角。

此即报上所记的“试药”，吾乡俗语谓之开烟盘者是也。王先生记其情景云：

楼上楼下约莫有五六间房，和旅馆相仿佛。我在各房看了一遍，每房之中有两炕的，有三炕的。一炕之上摆着两个枕头，每个枕头算是一号买卖。这种情形又和澡堂里的雅座一样，不过，枕头虽白，卧单却是蓝色的。

我真要感谢作者告诉我们许多事情，特别使我不能忘记的是那毒蛇猛虎的印花，很想得他一张来，这恐怕非花二元四角去买一两绥远货不可吧。代价是值得的，只是这一两土无法处置，所以有点为难。

四月十二日又记。

[补记] 从来薰阁得李小池著《环游地球新录》四卷，盖光绪丙子（一八七六）往美国费里地费城参观博览会时的纪录，计《美会纪略》一卷，《游览随笔》二卷，《东行日记》一卷。自序称尝承乏浙海关案牍十有余年，得德君（案税务司德璀琳）相知之雅，非寻常比，于是荐由赫公（案总税务司赫德）派赴会所。查《思痛记》陷洪军中共三十二月，至壬戌（一八六二）秋始得脱，大约此后即在海关办事，《思痛记》刊于光绪六年，则还在《新录》出版二年后了。上文所引强水棉花见于《游览随笔》下《英国伦敦京城》篇中，盖记在坞里治军器局所见也。篇中又讲到太吾士新报馆，纪载颇详，结论云：

> 窃观西人设新报馆，欲尽知天下事也。人必知天下事，而后乃能处天下事，是报馆之设诚未可曰无益，而其益则尤非浅鲜。

李君思想通达，其推重报纸盖比黄公度为更早，但是后来世间专尚宣传，结果至于多看报愈不知天下事，则非先哲所能料及者矣。《东行日记》五月初一日在横滨所记有云：

> 洋行大小数十家，各货山积，进口多洋货，出口多铜漆器茶叶古玩，而贩运洋药商人如在中华之沙逊洋行者（原注，沙逊英国巨商，专贩洋

药）无有也。盖日本烟禁极严，食者立治重法，国人皆不敢犯禁，虽是齐之以刑，亦可见法一而民从。惜我中华不知何时乃能熄此毒焰。

亦慨乎其言之。

五月四日加记。

【镭校】

①“办”原作“变”。

《梅花草堂笔谈》等

前居绍兴时家中有张大复的《梅花草堂笔谈》四五本，大约缺其十分之二，软体字竹纸印，看了很可喜，所以小时候常拿出来看，虽然内容并不十分中意。移家来北京的时候不知怎地遗失了，以后想买总不容易遇见，而且价目也颇贵，日前看旧书店的目录，不是百元也要六七十。这回《中国文学珍本丛书》本的《笔谈》出版，普及本只需四角五分，我得到一本来看，总算得见全本了，也不记得哪几卷是不曾看过的，约略翻阅一遍，就觉得也可以满足了。

《珍本丛书》出版之前，我接到施蛰存先生的来信，说在主编此书，并以目录见示，我觉得这个意思很好，加上了一个赞助的名义，实在却没有尽一点责，就是我的一部《谑庵文饭小品》也并不曾贡献出去。目录中有些书我以为可以缓印的，如《西青散记》《华阳散稿》《柳亭诗话》等，因为原书都不大难得，不过我只同施先生说及罢了，书店方面多已编好付印，来不及更改了。但是在别一方面也有好些书很值得重印，特别是晚明文人的著作，在清朝十九都是禁书，如三袁、钟谭、陈继儒、张大复、李卓吾等均是。袁小修的《游居杮录》我所有的缺少两卷，《焚书》和钟谭集都只是借了来看过，如今有了翻印本，足以备检阅之用。句读校对难免多错，但我说备检阅之用，这也只好算了，因为排印本原来不能为典据，五号字密排长行，纸滑墨浮，蹙頞疾视，殊少读书之乐，这不过是石印小册子之流，如查得资料，可以再去翻原书，固不能即照抄引用也。所收各本精粗不一，但总没有伪造本，亦尚可取。《杂事秘辛》虽伪造，还可算作杨升庵的文章，若是现今胡乱改窜的那自然更不足道了。

翻印这一类的书也许有人不很赞成，以为这都没有什么文艺或思想上的价值，读了无益。这话说得有点儿对，也不算全对。明朝的文艺与思想本来没有多大的发展，思想上只有王学一派，文艺上是小说一路，略有些创造，却都在正统路线以外，所以在学宗程朱文宗唐宋的正宗派看来毫无足取，正是当然的事。但是假如我们[①]觉得不必一定那么正宗，对于上述二者自当加以相当注意，而这思想与文艺的旁门互相溷合便成为晚明文坛的一种空气，自李卓吾以至金圣叹，以及桐城派所骂的吴越间遗老，虽然面貌不尽相似，走的却是同样路道。那么晚明的这些作品也正是很重要的文献，不过都是旁门而非正统的，但我的偏见以为思想与文艺上的旁门往往要比正统更有意思，因为更有勇气与生命。孔子的思想有些我也是喜欢的，却不幸被奉为正统，大被歪曲了，愈被尊愈不成样子，我真觉得孔子的朋友殆将绝迹，恐怕非由我们一二知道他的起来纠正不可，或者《论语衍义》之作也是必要的吧。这是闲话，暂且按下不表，却说李卓吾以下的文集，我以为也大值得一看，不但是禁书难得，实在也表示明朝文学的一种特色，里边包含着一个新文学运动，与现今的文学也还不是水米无干者也。

现在提起公安竟陵派的文学，大抵只看见两种态度，不是鄙夷不屑便是痛骂。这其实是古已有之的，我们最习见的有《静志居诗话》与《四库书目提要》，朱竹垞的“丛诃攒骂”是有名的了，纪晓岚其实也并未十分胡涂，在节抄《帝京景物略》的小引里可以看出他还是有知识的人。今人学舌已可不必，有些人连公安竟陵的作品未曾见过也来跟着呐喊，怕这亡国之音会断送中原，其意可嘉，其事总不免可笑，现在得书甚易，一读之后再用自己的智力来批评，这结果一定要好一点了。我以为读公安竟陵的书首先要明了他们运动的意义，其次是考查成绩如何，最后才用了高的标准来鉴定其艺术的价值。我可以代他们说明，这末一层大概不会有很好的分数的，其原因盖有二。一，在明末思想的新分子不出佛老，文字还只有古文体，革命的理论可以说得很充分，事实上改革不到哪里去。我觉得苏东坡也尽有这才情，好些题跋尺牍在公安派中都是好作品，他只是缺少理论，偶然放手写得这些小文，其用心的大作仍是被选入八家的那一部分，此其不同也。反过来说，即是公安作品可以与东坡媲美，更有明确的文学观耳，就是他们自己也本不望超越白苏也。二，后人受唐宋文章的训练太深，就是新知识阶级也难免以八家为标准，来看公安竟陵就觉得种种不合式。我常这样想，假如一个人不是厌恶韩退之的古文的，对于公安等文大抵不会满意，即使不表示厌恶。我觉得公安竟陵的诗都不大好，或者因为我本不懂诗之故亦未可知，其散文颇多佳作，说理的我喜其理多正确，文未必佳，至于叙景或兼抒情的小文则是其擅长，袁中郎刘同人的小记均非常[②]人所有也。不过这只是个人的妄见，其不能蒙大雅之印可正是当然，故晚明新文学运动的成绩不易得承认，而其旁门的地位亦终难改正，这件事本无甚关系，兹不过说明其事实如此而已。

吾乡陶筠庵就《隐秀轩集》选录诗文百五十首，为《钟伯敬集抄》，小引中载其咏钟谭的一首七言拗体，首四句云：

天下不敢唾王李，钟谭便是不犹人，
甘心陷为轻薄子，大胆剥尽老头巾。

后又评伯敬的文章云：

至若袁不为钟所袭，而钟之隽永似逊于袁，钟不为谭所袭，而谭之简老稍胜于钟，要皆不足为钟病，钟亦不以之自病也。

陶君的见解甚是，我曾引申之云：

甘心云云十四字说尽钟谭，也说尽三袁以及其他一切文学革命者的精神，褒贬是非亦悉具足了。向太岁头上动土，既有此大胆，因流弊而落于浅率幽晦，亦所甘心，此真革命家的态度，朱竹垞辈不能领解，丛诃攒骂正无足怪也。

现在的白话文学好像是已经成立了，其实是根基仍不稳固，随处都与正统派相对立，我们阅公安竟陵的遗迹自不禁更多感触，不当仅作平常文集看，陶君的评语也正是极好的格言，不但是参与其事者所应服膺，即读者或看客亦宜知此，庶几对于凡此同类的运动不致误解耳。

翻印晚明的文集原是一件好事，但流弊自然也是有的。本来万事都有流弊，食色且然，而且如上文所说，这些指责亦当甘受，不过有些太是违反本意的，也就该加以说明。我想这最重大的是假风雅之流行。这里须得回过去说《梅花草堂笔谈》了。我赞成《笔谈》的翻印，但是这与公安竟陵的不同，只因为是难得罢了，他的文学思想还是李北地一派，其小品之漂亮者亦是山人气味耳。明末清初的文人有好些都是我所不喜欢的，如王稚登、吴从先、张心来、王丹麓辈，盖因其为山人之流也，李笠翁亦是山人而有他的见地，文亦有特色，故我尚喜欢，与傅青主金圣叹等视。若张大复殆只可奉屈坐于王稚登之次，我在数年前偶谈中国新文学的源流，有批评家赐教谓应列入张君，不佞亦前见《笔谈》残本，凭二十年前的记忆不敢以为是，今复阅全书亦仍如此想。世间读者不甚知此种区别，出版者又或夸多争胜，不加别择，势必将《檀几丛书》之类亦重复抄印而后止，出现一新鸳鸯蝴蝶派的局面，此固无关于世道人心，总之也是很无聊的事吧。如张心来的《幽梦影》，本亦无妨一读，但总不可以当饭吃，大抵只是瓜子耳，今乃欲以瓜子为饭，而且许多又不知是何瓜之子，其吃坏肚皮宜矣。所谓假风雅即指此类山人派的笔墨，而又是低级者，故谓之假，其实即是非假者亦不宜多吃，盖风雅或文学都不是粮食也。

廿五年四月十一日，于北平。

【锺校】

①“们”原作“门”。

②原无“常”字，今增。

读戒律

我读佛经最初还是在三十多年前。查在南京水师学堂时的旧日记，光绪甲辰（一九〇四）十一月下有云：

> 初九日，下午自城南归经延龄巷，购经二卷，黄昏回堂。

又云：

> 十八日，往城南购书，又《西方接引图》四尺一纸。
>
> 十九日，看《起信论》，又《纂注》十四页。

这头一次所买的佛经，我记得一种是《楞严经》，一种是《诸佛要集经》与《投身饲饿虎经》等三经同卷。第二次再到金陵刻经处请求教示，据云顶好修净土宗，而以读《起信论》为入手，那时所买的大抵便是论及注疏，一大张的图或者即是对于西土向往。可是我看了《起信论》不大好懂，净土宗又不怎么喜欢，虽然他的意思我是觉得可以懂的。民国十年在北京自春至秋病了大半年，又买佛经来看了消遣，这回所看的都是些小乘经，随后是大乘律。我读《梵网经》菩萨戒本及其他，很受感动，特别是贤首《疏》，是我所最喜读的书。卷三在“盗戒”下注云：

> 《善见》云，盗空中鸟，左翅至右翅，尾至颠，上下亦尔，俱得重罪。准此戒，纵无主，鸟身自为主，盗皆重也。

我在七月十四日的《山中杂信》四中云：

> 鸟身自为主，这句话的精神何等博大深厚，然而又岂是那些提鸟笼的朋友所能了解的呢？

又举“食肉戒”云：

> 若佛子故食肉，——一切众生肉不得食：夫食肉者断大慈悲佛性种子，一切众生见而舍去。是故一切菩萨不得食一切众生肉，食肉得无量罪。——若故食者，犯轻垢罪。

在《吃菜》小文中我曾说道：

> 我读《旧约·利未记》，再看大小乘律，觉得其中所说的话要合理得多，而上边“食肉戒”的措辞我尤为喜欢，实在明智通达，古今莫及。

这是民国二十年冬天所写，与《山中杂信》相距已有十年，这个意见盖一直没有变更，不过这中间又读了些小乘律，所以对于佛教的戒律更感到兴趣与佩服。小乘律的重要各部差不多都已重刻了，在各经典流通处也有发售，但是书目中在这一部门的前面必定注着一行小字云“在家人勿看”，我觉得不好意思开口去问，并不是怕自己碰钉子，只觉得显明地要人家违反规条是一件失礼的事。末了想到一个方法，我就去找梁漱溟先生，托他替我设法去买，不久果然送来了一部《四分律藏》，共有二十本。可是后来梁先生离开北京了，我于是再去托徐森玉先生，陆续又买到了好些，我自己也在厂甸收集了一点，如《萨婆多部毗尼摩得勒伽》十卷，《大比丘三千威仪》二卷，均明末刊本，就是这样得来的。《书信》中“与俞平伯君书三十五通”之十五云：

> 前日为二女士写字写坏了，昨下午赶往琉璃厂买六吉宣赔写，顺便一看书摊，买得一部《萨婆多部毗尼摩得勒伽》，共二册十卷，系崇祯十七年八月所刻。此书名据说可译为《一切有部律论》，其中所论有极妙者，如卷六有一节云：云何厕？比丘入厕时，先弹指作相，使内人觉知，当正念入，好摄衣，好正当中安身，欲出者令出，不肯者勿强出。古人之质朴处盖至可爱也。

时为十九年二月八日，即是买书的第二天。其实此外好的文章尚多，如同卷中说类似的事云：

云何下风？下风出时不得作声。

云何小便？比丘不得处处小便，应在一处作坑。

云何唾？唾不得作声。不得在上座前唾。不得唾净地。不得在食前唾[1]，若不可忍，起避去，莫令馀人得恼。

这莫令馀人得恼一句话我最喜欢，佛教的一种伟大精神的发露，正是中国的恕道也。又有关于齿木的：

云何齿木？齿木不得太大太小，不得太长太短，上者十二指，下者六指。不得上座前嚼齿木。有三事应屏处，谓大小便嚼齿木。不得在净处树下墙边嚼齿木。

《大比丘三千威仪》卷上云：

用杨枝有五事。一者，断当如度。二者，破当如法。三者，嚼头不得过三分。四者，疏齿当中三啮。五者，当汁澡目用。

金圣叹作施耐庵《水浒传序》中云：

朝日初出，苍苍凉凉，澡头面，裹巾帻，进盘飧，嚼杨木。

即从此出，唯义净很反对杨枝之说，在《南海寄归内法传》卷一“朝嚼齿木”项下云：

> 岂容不识齿木，名作杨枝。西国柳树全稀，译者辄传斯号，佛齿木树实非杨柳，那烂陀寺目今亲观，既不取信于他，闻者亦无劳致惑。

净师之言自必无误，大抵如周松霭在《佛尔雅》卷五所云，“此方无竭陀罗木，多用杨枝”，译者遂如此称，虽稍失真，尚取其通俗耳。至今日本俗语犹称牙刷曰杨枝，牙签曰小杨枝，中国则僧俗皆不用此，故其名称在世间也早已不传了。

《摩得勒伽》为宋僧伽跋摩译，《三千威仪》题后汉安世高译，僧祐则云失译人名，但总之是六朝以前的文字罢。卷下有至舍后二十五事亦关于登厕者，文繁不能备录，但如十一不得大咽使面赤，十七不得草画地，十八不得持草画壁作字，都说得很有意思。今抄简短者数则：

> 买肉有五事。一者，设见肉完未断，不应便买。二者，人已断馀乃应买。三者，设见肉少，不得尽买。四者，若肉少不得妄增钱取。五者，设肉已尽，不得言当多买。

> 教人破薪有五事。一者，莫当道。二者，先视斧柄令坚。三者，不得使破有青草薪。四者，不得妄破塔材。五者，积着燥处。

我在《入厕读书》文中曾说：

> 偶读大小乘戒律，觉得印度先贤十分周密地注意于人生各方面，非常佩服。即以入厕一事而论，《三千威仪》下列举至舍后者有二十五事，《摩得勒伽》六自“云何下风”至“云何筹草”凡十三条，《南海寄归内法传》二有第十八“便利之事”一章，都有详细的规定，有的是很严肃而幽默，读了忍不住五体投地。

我又在《谈龙集》里讲到阿剌伯奈夫札威上人的《香园》与印度壳科加师的《欲乐秘旨》，照中国古语说都是房中术的书，却又是很正经的，“他在开始说不雅驯的话之先，恭恭敬敬地要祷告一番，叫大悲大慈的神加恩于他，这的确是明朗朴实的古典精神，很是可爱的”。自两便以至劈柴买肉（小乘律是不戒食肉的），一方面关于性交的事，这虽然属于佛教外的人所做，都说的那么委曲详尽，又合于人情物理，这真是难得可贵的事。中国便很缺少这种精神，到了现在我们同胞恐怕是世间最不知礼的人之一种，虽然满口仁义礼智，不必问他心里如何，只看日常举动很少顾虑到人情物理，就可以知道了。查古书里却也曾有过很好的例，如《礼记》里的两篇《曲礼》，有好些话都可以与戒律相比。凡为长者粪之礼一节，凡进食之礼一节，都很有意思。中云：

毋抟饭，毋放饭，毋流歠，毋咤食，毋啮骨，毋反鱼肉，毋投与狗骨。

这用意差不多全是为得“莫令馀人得恼”，故为可取，僧祇律云：

不得大，不得小，如淫女两粒三粒而食，当可口食。

又是很有趣的别一说法，正可互相补足也。居丧之礼一节也很好，下文有云：

邻有丧，舂不相，里有殡，不巷歌。适墓不歌，哭日不歌。送丧不由径，送葬不辟涂潦。

读这些文章，深觉得古人的神经之纤细与感情之深厚，视今人有过之无不及，《论语》卷四记孔子的事云：

子食于有丧者之侧，未尝饱也。子于是日哭则不歌。

实在也无非是上文的实行罢了。从别一方面发明此意者有陶渊明，在《挽歌诗》第三首中云：

向来相送人，各自还其家，

亲戚或馀悲，他人亦已歌。

此并非单是旷达语，实乃善言世情，所谓亦已歌者即是哭日不歌的另一说法，盖送葬回去过了一二日，歌正亦已无妨了。陶公此语与“日暮狐狸眠冢上，夜阑儿女笑灯前”的感情不大相同，他似没有什么对于人家的不满意，只是平实地说这一种情形，是自然的人情，却也稍感寥寂，此是其佳处也。我读陶诗而懂得礼意，又牵连到小乘律上头去，大有缠夹之意，其实我只表示很爱这一流的思想，不论古今中印，都一样地随喜礼赞也。

民国二十五年四月十四日，于北平苦茶庵。

【锺校】

①“唾”原作“睡”。

北平的春天

北平的春天似乎已经开始了，虽然我还不大觉得。立春已过了十天，现在是七九六十三的起头了，布衲摊在两肩，穷人该有欣欣向荣之意。光绪甲辰即一九〇四年小除，那时我在江南水师学堂曾作一诗云：

一年倏就除，风物何凄紧。
百岁良悠悠，白日催人尽。
既不为大椿，便应如朝菌。
一死息群生，何处问灵蠢。

但是第二天除夕我又做了这样一首云：

东风三月烟花好，凉意千山云树幽，
冬最无情今归去，明朝又得及春游。

这诗是一样的不成东西，不过可以表示我总是很爱春天的。春天有什么好呢，要讲他的力量及其道德的意义，最好去查盲诗人爱罗先珂的抒情诗的演说，那篇世界语原稿是由我笔录，译本也是我写的，所以约略都还记得，但是这里誊录自然也更可不必了。春天的是官能的美，是要去直接领略的，关门歌颂一无是处，所以这里抽象的话暂且割爱。

且说我自己的关于春的经验，都是与游有相关的。古人虽说以鸟鸣春，但我觉得还是在别方面更感到春的印象，即是水与花木。迂阔的说一句，或者这正是活物的根本的缘故罢。小时候，在春天总有些出游的机会，扫墓与香市是主要的两件事，而通行只有水路，所在又多是山上野外，那么这水与花木自然就不会缺少的。香市是公众的行事，禹庙南镇香炉峰为其代表。扫墓是私家的，会稽的乌石头调马场等地方至今在我的记忆中还是一种代表的春景。庚子年三月十六日的日记云：

晨坐船出东郭门，挽纤行十里，至绕门山，今称东湖，为陶心云先生所创修，堤计长二百丈，皆植千叶桃垂柳及女贞子各树，游人颇多。又三十里至富盛埠，乘兜轿过市行三里许，越岭，约千馀级。山上映山红牛郎花甚多，又有蕉藤数株，着花蔚蓝色，状如豆花，结实即刀豆也，可入药。路旁皆竹林，竹萌之出土者粗于碗口而长仅二三寸，颇为可观。忽闻有声如鸡鸣，阁阁然，山谷皆响，问之轿夫，云系雉鸡叫也。又二里许过一溪，阔数丈，水没及骭，舁者乱流而渡，水中圆石颗颗，大如鹅卵，整洁可喜。行一二里至墓所，松柏夹道，颇称闳壮。方祭时，小雨簌簌落衣袂间，幸即晴霁。下山午餐，下午开船。将进城门，忽天色如墨，雷电并作，大雨倾注，至家不息。

旧事重提，本来没有多大意思，这里只是举个例子，说明我春游的观念而已。我们本是水乡的居民，平常对于水不觉得怎么新奇，要去临流赏玩一番，可是生平与水太相习了，自有一种情分，仿佛觉得生活的美与悦乐之背景里都有水在，由水而生的草木次之，禽虫又次之。我非不喜禽虫，但他总离不了草木，不但是吃食，也实是必要的寄托，盖即使以鸟鸣春，这鸣也得在枝头或草原上才好，若是雕笼金锁，无论怎样的鸣得起劲，总使人听了索然兴尽也。

话休烦絮。到底北平的春天怎么样了呢，老实说，我住在北京和北平已将二十年，不可谓不久矣，对于春游却并无什么经验。妙峰山虽热闹，尚无暇瞻仰，清明郊游只有野哭可听耳。北平缺少水气，使春光减了成色，而气候变化稍剧，春天似不曾独立存在。如不算他是夏的头，亦不妨称为冬的尾，总之风和日暖让我们着了单夹可以随意徜徉的时候真是极少，刚觉得不冷就要热了起来了。不过这春的季候自然还是有的。第一，冬之后明明是春，且不说节气上的立春也已过了。第二，生物的发生当然是春的证据，牛山和尚诗云，春叫猫儿猫叫春，是也。人在春天却只是懒散，雅人称曰春困，这似乎是别一种表示。所以北平到底还是有他的春天，不过太慌张一点了，又欠腴润一点，叫人有时来不及尝他的味儿，有时尝了觉得稍枯燥了，虽然名字还叫作春天，但是实在就把他当作冬的尾，要不然便是夏的头，反正这两者在表面上虽差得远，实际上对于不大承认他是春天原是一样的。

我倒还是爱北平的冬天。春天总是故乡的有意思，虽然这是三四十年前的事，现在怎么样我不知道。至于冬天，就是三四十年前的故乡的冬天我也不喜欢：那些手脚生冻瘃，半夜里醒过来像是悬空挂着似的上下四旁都是冷气的感觉，很不好受，在北平的纸糊过的屋子里就不会有的。在屋里不苦寒，冬天便有一种好处，可以让人家作事：手不僵冻，不必炙砚呵笔，于我们写文章的人大有利益。北平虽几乎没有春天，我并无什么不满意，盖吾以冬读代春游之乐久矣。

廿五年二月十四日。

买墨小记

我的买墨是压根儿不足道的。不但不曾见过邵格之，连吴天章也都没有，怎么够得上说墨，我只是买一点儿来用用罢了。我写字多用毛笔，这也是我落伍之一，但是习惯了不能改，只好就用下去，而毛笔非墨不可，又只得买墨。本来墨汁是最便也最经济的，可是胶太重，不知道用的什么烟，难保没有"化学"的东西，写在纸上常要发青，写稿不打紧，想要稍保存的就很不合适了。买一锭半两的旧墨，磨来磨去也可以用上一个年头，古人有言，非人磨墨墨磨人，似乎感慨系之，我只引来表明墨也很禁用，并不怎么不上算而已。

买墨为的是用，那么一年买一两半两就够了。这话原是不错的，事实上却不容易照办，因为多买一两块留着玩玩也是人情之常。据闲人先生在《谈用墨》中说："油烟墨自光绪五年以前皆可用。"凌宴池先生的《清墨说略》曰：“墨至光绪二十年，或曰十五年，可谓遭亘古未有之浩劫，盖其时矿质之洋烟输入，……墨法遂不可复问。”所以从实用上说，“光绪中叶”以前的制品大抵就够我们常人之用了，实在我买的也不过光绪至道光的，去年买到几块道光乙未年的墨，整整是一百年，磨了也很细黑，觉得颇喜欢，至于乾嘉诸老还未敢请教也。这样说来，墨又有什么可玩的呢？道光以后的墨，其字画雕刻去古益远，殆无可观也已，我这里说玩玩者乃是别一方面，大概不在物而在人，亦不在工人而在主人，去墨本身已甚远而近于收藏名人之著书矣。

我的墨里最可记念的是两块“曲园先生著书之墨”，这是民廿三春间我做那首“且到寒斋吃苦茶”的打油诗的时候平伯送给我的。墨的又一面是春在堂三字，印文曰程氏掬庄，边款曰：光绪丁酉仲春鞠庄精选清烟。

其次是一块圆顶碑式的松烟墨，边款曰，鉴莹斋珍藏。正面篆文一行云，同治九年正月初吉，背文云，绩溪胡甘伯会稽赵捣叔校经之墨，分两行写，为赵手笔。赵君在《谪麟堂遗集》叙目中云，“岁在辛未，余方入都居同岁生胡甘伯寓屋”，即同治十年，至次年壬申而甘伯死矣。赵君有从弟为余表兄，乡俗亦称亲戚，余生也晚，乃不及见。小时候听祖父常骂赵益甫，与李莼客在日记所骂相似，盖诸公性情有相似处故反相克也。

近日得一半两墨，形状凡近，两面花边作木器纹，题曰，会稽扁舟子著书之墨，背曰，徽州胡开文选烟，边款云，光绪七年。扁舟子即范寅，著有《越谚》共五卷，今行于世。其《事言日记》第三册中光绪四年戊寅纪事云：

> 元旦，辛亥。巳初书红，试新模扁舟子著书之墨，甚坚细而佳，惟新而腻，须俟三年后用之。

盖即与此同型，唯此乃后年所制者耳。日记中又有丁丑十二月初八日条曰：

> 陈槐亭曰，前月朔日营务处朱懋勋方伯明亮回省言，禹庙有联系范某撰书并跋者，梅中丞见而赞之，朱方伯保举范某能造轮船，中丞嘱起稿云云，子有禹庙联乎，果能造轮船乎？应曰，皆是也。

范君用水车法以轮进舟，而需多人脚踏，其后仍改用篙橹，甲午前后曾在范君宅后河中见之，盖已与普通的“四明瓦”无异矣。

前所云一百年墨共有八锭，篆文曰，墨缘堂书画墨，背曰，蔡友石珍藏，边款云，道光乙未年汪近圣造。又一枚稍小，篆文相同，背文两行曰，一点如漆，百年如石，下云，友石清赏，边款云，道光乙未年三月。甘实庵《白下琐言》卷三云：

> 蔡友石太仆世松精鉴别，收藏尤富，归养家居，以书画自娱，与人评论娓娓不倦。所藏名人墨迹，钩摹上石，为墨缘堂帖，真信而好古矣。

此外在《金陵词钞》中见有词几首。关于蔡友石所知有限，今看见此墨却便觉得非陌生人，仿佛有一种缘分也。

货布墨五枚，形与文均如之，背文二行曰，斋谷山人属胡开文仿古，边款云，光绪癸巳年春日。此墨甚寻常，只因是刻《习苦斋画絜》的惠年所造，故记之。又有墨二枚，无文字，唯上方横行五字曰云龙旧衲制，据云亦是惠菱舫也。

又墨四锭，一面双鱼纹，中央篆书曰，大吉昌宜侯王，背作桥上望月图，题曰湖桥乡思。两侧隶书曰，故乡亲友劳相忆，丸作隃麋当尺鳞。仲仪所贻，苍珮室制。疑是谭复堂所作，案谭君曾宦游安徽，事或可能，但体制凡近，亦未敢定也。

墨缘堂墨有好几块，所以磨了来用，别的虽然较新，却舍不得磨，只是放着看看而已。从前有人说买不起古董，得货布及龟鹤齐寿钱，制作精好，可以当作小铜器看，我也曾这样做，又搜集过三五古砖，算是小石刻。这些墨原非佳品，总也可以当墨玩了，何况多是先哲乡贤的手泽，岂非很好的小古董乎。我前作《骨董小记》，今更写此，作为补遗焉。

廿五年二月十五日，于北平苦茶庵中。

旧日记抄

我写日记始于光绪戊戌（一八九八），虽是十九世纪末年，却已是距今三十八年前了。自戊戌至乙巳七年中，断续地写，至今还保存着十四小册，丙午至辛亥六年在日本不曾记，民国以后又一直写着。我的日记写得很简单，大抵只是往来通信等，没有什么可看，但是民国以前的一部分仿佛是别一时代的事情，偶然翻出来看，也觉得有好玩的地方，现在就把他抄录一点下来。

第一册记戊戌正月至五月间事，时在杭州，居花牌楼一小楼上，去塔儿头不远，听街上叫卖声即在窗下，所记多关于食物及其价格者：

> 正月三十日，雨。食水芹，紫油菜，味同油菜，第茎紫如茄树耳，花色黄。
>
> 二月初五日，晴，燠暖异常。食龙须菜，京师呼豌豆苗，即蚕豆苗也，以有藤似须故名，每

斤四十馀钱，以炒肉丝，鲜美可啖。

绍兴呼豌豆为蚕豆，而蚕豆则称罗汉豆，日记中全以越俗为标准。一月后又记云：

罗汉豆上市，杭呼青肠豆，又呼青然豆。

案此盖即青蚕豆耳。

二月廿八日，晨大雾，有雄黄气。上午晴，夜雨，冷甚。食草紫，杭呼金花菜。春分，亥正二刻。

上巳日，阴冷。下午左邻姚邵二氏买小鸡六只，每只六十五文。

闰三月十三日，晴。枇杷上市。

十四日，阴。食樱桃，每斤六十八文。

廿三日，雨。食莴苣笋，青鲳鲞，出太湖，每尾二十馀文，形如撑鱼，首如带鱼，背青色，长约一尺，味似勒鱼，细骨皆作入字形。

但是同时也记载这类的事情，大抵是从报上看来的罢：

四月初五日，阴。亨利亲王觐见，遣胡燏棻礼亲王往永定门外迎入，上亲下座迎，并坐，下座送，赐珍物无数，内一扇系太后所画云。

十七日，晴。山东沂州乱。广东刘毅募勇五千鼓噪索饷。

戊戌五月末回绍兴，至辛丑八月往南京，所记共有五册。有几条购物的纪事可以抄录：

十一月廿八日，阴，路滑如油，上午稍干，往大街。购洋锯一把，一角五分，洋烛三支，每支十文，红色粗如笔干，长二寸许，文左旋。

十二月初七日，晴，路滑甚。往新试前购竹臂阁一方，洋五分，刻红粉溪边石一绝。小信纸一束四十张，二分，上印鸦柳。五色信纸廿张，一分六，上绘佛手、柿二物。松鹤信纸四张，四文。洋烛四支，一角一分。

十三日，阴。午偕工人章庆往完粮米，共洋□元。至试前看案尚未出，购《思痛记》二卷，江宁李圭小池撰，洋一角。至涵雅庐购机器煤头一束，二分五，洋烟一匣，五分。

廿一日，晴。偕章庆往水澄巷购年糕，洋一元糕三十七斤，得添送糕制小猪首羊首各一枚。

己亥正月初一日，晴。下午偕三弟游大善寺，购火漆墨牛一只，洋二分，青蛙一只，六厘，黑金鱼一只，六厘。

亦仍常记琐事，但多目击，不是转录新闻了：

二[①]月十六日，晴。往读。族兄利宾台字鹞一乘，洋一角，线一束，一角，断去孙宅。

所谓台字鹞者乃糊作台字形的风筝，中途线折落在他家则曰断，盖放鹞的术语也。庚子辛丑多记游览，如庚子年有云：

三月初九日，阴。晨同三十叔下舟往梅里尖拜扫，祭时二人作赞，祭文甚短，每首只十数句耳。梅里尖系始迁六世祖韫山公之墓，玉田叔祖《鉴湖竹枝词》有云，耸秀遥瞻梅里尖，孤峰高插势凌天，露霜展谒先贤兆，诗学开科愧未传。自注，先太高祖韫山公讳璜，以集诗举于乡。即记是事也。

十六日，阴。晨六点钟起，同叔辈往老台门早餐，坐船往调马场扫墓，同舟七人。出东郭门，挽纤行十里，至绕门山，今称东湖，为陶心云先生所创修，堤计长二百丈，皆植千叶桃垂柳及女贞子各树，游人颇多。又三十里至富盛埠，乘兜轿过市行二里许，越岭，约千馀级。山上映山红牛郎花甚多，又有蕉藤数株，着花蔚蓝色，状如豆花，结实即刀豆也，可入药。路旁皆竹林，竹萌之出土者粗于碗口而长二三寸，颇为可观。忽闻有声如鸡鸣，阁阁然，山谷皆响，问之轿夫，云系雉鸡叫也。又二里许过一溪，阔数丈，水没及骭，舁者乱流而渡。水中圆石颗颗，大如鹅卵，整洁可喜。行一二里至墓所，松柏夹道，颇称闳壮。方祭时，小雨簌簌落衣袂间，幸即晴霁。下山午餐，下午开船。将进城门，忽天色如墨，雷电并作，大雨倾注，至家不息。

十八日，雨，三十叔约偕往扫墓。上午霁，坐船至廿亩头，次至茭白溇，因日前雨甚，路皆没起，以板数扇垫之，才能通行。

后附记云：

连日大雨，畦畛皆成泽国，村人以车戽水使干，而后以网乘之，多有得者，类皆鲫鲤之属也。

十九日后又附记云：

大雨不歇，道路如河，行人皆跣足始可过。河水又长，桥皆甚低，唯小中船尚可出入耳。

这时候有一件很可笑的事，这便是关于义和团事件的。五月中起就记有这类的谣传，意思是不但赞成而且相信，书眉上大写“非我族类其心必异”等文句，力主攘夷，却没有想到清朝也就包括在内。至辛丑正月始重加以删改，对于铁路枕木三百里顷刻变为桴炭的传说不再相信了，攘夷思想还是仍旧。八月往南京，读了《新民丛报》和《苏报》等以后，这才转为排满。入学的事情今从第六七两册抄录几条于下：

八月初一日，晨小雨。至江阴，雨止，过镇江，上午至南京下关。午抵水师学堂。

初九日，晴。上午点名给卷，考额外生，共五十九人，题为《云从龙风从虎论》。

十一日，晴。下午闻予卷系朱颖叔先生延祺所看，批曰文气近顺。所阅卷凡二十本，予列第二，但未知总办如何决定耳。

十二日，阴。患喉痛。下午录初九日试艺，计二百七十字，拟寄绍兴。

十六日，晴。出案，予列副取第一。

案其时正取一名，即胡韵仙，诗庐之弟，副取几人则已不记得了。

十七日，晴。复试，凡三人，题为《虽百世可知也论》。

这两个题目真好难做，《云从龙》只写得二百馀言，其枯窘可想，朱老师批曰近顺也很是幽默，至于《虽百世》那是怎么做的简直不可思议，就是在现今试想也还不知如何下笔也。但是查日记于九月初一日挂牌传补，第三天就进馆上课了。功课的事没有什么值得说的，一个月后考试汉文分班，日记上云：

十月初一日，礼拜一，晴。考汉文作策论，

在洋文诵堂中，两点钟完卷，题云——问孟子曰，我四十不动心，又曰，我善养吾浩然之气，平时用功，此心此气究如何分别，如何相通？试详言之。

初七日，礼拜日，晴。午出初一所考汉文分班榜，计头班二十四人，二班二十八人，三班若干人，予列头班二十名。

考入三等的人太多，可知高列者之容易侥幸，不过我总觉得奇怪，我的文章是怎么胡诌出来的，盖这回实在要比以前更难了，因为《论语》《易经》虽不比《孟子》容易，却总没有道学这样难讲罢。此心此气究竟怎么一回事，我至今还是茫然，回忆三十五年前事，居然通过了这些考试的难关，真不禁自己叹服也。

在校前后六年，生活虽单调而遭遇亦颇多变化，今只略抄数则以见一斑。壬寅年日记中云：

正月初六日，晴冷，春风料峭[2]，刺人肌骨。上午独坐殊寂寞，天寒又不能出外，因至桅半探鹊巢，大约如斗，皆以细树枝编成，其中颇光洁，底以泥杂草木叶炼成者，唯尚未产卵。鹊在旁飞鸣甚急，因舍之而下。下午看《时务报》。夜抄梁卓如《说橙》一首。

初七日，晴。上午钉书三本。夜抄章太炎《东方盛衰论》一首。九下钟睡，劳神不能入寐，至十一下半钟始渐静去。

七月十四日，礼拜日，晴。下午阅梁任公著《现世界大势论》一卷，词旨危切，吾国青年当自厉焉。夜阅《开智录》，不甚佳。夜半有狐狸入我室，驱之去。

八月初一日，礼拜二，阴雨。洋文进二班诵堂。下午看《泰西新史揽要》，译笔不佳，喜掉文袋，好以中国故实强行掺入，点缀过当，反失本来面目，忧亚子所译《累卵东洋》亦有此病，可见译书非易事也。

十月初六日，礼拜三，晴。晨打靶。上午无课，下午看《古文苑》。四下钟出操。夜借得梁任公《中国魂》二卷，拟展阅，灯已将烬，怅怅而罢，即就睡。

癸卯，四月十二日，礼拜五，晴。晨打靶，操场露重，立久，及退回靴已湿透。上午进馆，至晚听角而出，自视殊觉可笑，究不知所学者何事也。傍晚不出操。饭后胡韵仙李昭文来谈。

十三日，礼拜六，晴。进馆。傍晚体操。饭后同胡韵仙李昭文江上悟至洋文讲堂天井聚谈，议加入义勇队事，决定先致信各人为介绍，又闲谈至八下钟始散。

十五日，礼拜一，晴。晨打靶。上午进馆，作汉文四篇，予自作百馀字，语甚怪诞。出馆后见韵仙云今日已致函吴稚晖。

这时候正是上海闹《俄事警闻》的时候，组织义勇军的运动很是热烈，这几个学生住了两年学校，开始感到沉闷，对于功课与学风都不满足，同时又受了革命思想的传染，所以想要活动起来。他们看去，这义勇队就是排满的别动队，决心想投进去，结果找着了吴老头子请他收容，这就是上边所记的内幕，下文怎么了呢？这第十一小册就记至四月止，底下没有了。第十二册改了体例，不是每天都记，又从七月起，五六两月全缺。不过这件事的结局我倒还是记得的，过了多少天之后接得吴公的一封回信，大意说诸位的意思甚好，俟组织就绪时当再奉闻云云，后来义勇军未曾成立，这问题自然也了结了。

日记第十二册所记以事为主，注日月于下，各成一小文。癸卯七月由家回校，记二十二日一文题云《汽船之窘况及苦热》，后半云：

晚九点钟始至招商码头，轮船已人满，无地可措足，寻找再三，始得一地才三四尺，不得已暂止焉。天热甚如处甑中，因与伍君交代看守行李，而以一人至舱面少息。途中倦甚蜷曲倚壁而睡，间壁又为机器房，壁热如炙，烦躁欲死，至夜半尚无凉气。四周皆江南之考先生，饶有酸气，如入火炎地狱见牛首阿旁。至南京始少爽。

次节题云《江南考先生之一斑》，特写其状云：

江南考先生之状态既于《金陵卖书记》中见之，及予亲历其境，更信所言不谬。考先生在船上者，皆行李累累，遍贴乡试字样，大约一人总要带书五六百斤，其馀日用器具靡不完备，堆积如山。饭时则盘辫捋袖，疾走抢饭，不顾性命。及船抵埠，乃另有一副面目，至将入场时，又宽袍大袖，项挂卷袋，手提洋铁罐，而阔步夫子庙前矣。

二十九日一节云《三山街同人之谈话》：

先一日得锷刚函，命予与复九（即昭文）至城南聚会。次日偕侠耕（即韵仙）复九二人至承恩寺万城酒楼，为张伟如邀午餐，会者十六人。食毕至刘寿昆处，共拍一照，以为纪念，姓名列后：

张莫臣，孙竹丹，赵百先，濮仲厚，张伟如，李复九，胡侠耕，方楚乔，王伯秋，孙楚白，吴锷刚，张尊五，江彤侯，薛明甫，周起孟，刘寿昆。

散后复至铁汤池访张伯纯先生，及回城北已晚。

此照相旧藏家中，及民八移居后不复见，盖已遗失，十六人中不知尚有一半存在否，且民国以来音信不通，亦已不易寻问了。

第十三册记甲辰十二月至乙巳三月间事，题曰《秋草园日记甲》，有序云：

世界之有我也已二十年矣，然廿年以前无我也；廿年以后亦必已无我也，则我之为我亦仅如轻尘栖弱草，弹指终归寂灭耳，于此而尚欲借驹隙之光阴，涉笔于米盐之琐屑，亦愚甚矣。然而七情所感，哀乐无端，拉杂纪之，以当雪泥鸿爪，亦未始非蜉蝣世界之一消遣法也。先儒有言，天地之大而人犹有所恨，伤心百年之际，兴哀无情之地，不亦傎乎。然则吾之记亦可以不作也夫。

此文甚幼稚，但由此可见当时所受的影响，旧的方面有金圣叹，新的方面有梁任公与冷血，在以后所记上亦随处可以看出。甲辰十二月十六日条后附记云：

西人有恒言云，人皆有死。人能时以此语自

警，则恶事自不作，而一切竞争皆可省，即予之日记亦可省。

十八日附记云：

天下事物总不外一情字。作文亦然，不情之创论，虽有理可据，终觉杀风景。

廿四日附记云：

世有轮回，吾愿其慰，今生不得志可待来生，来生又可待来生，如掷五琼，屡幺必一六。而今已矣，偶尔为人，忽焉而生，忽焉而死，成败利钝一而不再，欲图再历其可得乎。然此特悲观之言，尚未身历日暮途穷之境者也，彼惊弓之鸟又更当何如。

乙巳二月初七日附记四则之二云：

残忍，天下之极恶事也。

世人吾昔觉其可恶，今则见其可悲。茫茫大陆，荆蕙不齐，孰为猿鹤，孰为沙虫，要之皆可怜儿也。

语多感伤，但亦有闲适语，如廿五日附记云：

过朝天宫，见人于小池塘内捕鱼，劳而所得不多，大抵皆鳅鱼之属耳。忆故乡菱荡钓鲦之景，宁可再得，令人不觉有故园之思。

此册只寥寥七纸，中间又多有裁截处，盖关于政治或妇女问题有违碍语，后来复阅时所删削，故内容益微少，但多可抄录，有两件事也值得一说。三月十六日条云：

封德三函招，下午同朱浩如至大功坊辛卓之处，见沈□□翀，顾花岩琪，孙少江铭，及留日女学生秋琼卿女士瑾，山阴人。夜同至悦生公司会食，又回至辛处，谈至十一下钟，往钟英中学宿，次晨归堂。

廿一日附记云：

在城南夜，见唱歌有愿借百万头颅句，秋女士云，虽有此愿特未知肯借否。信然，可知彼等亦妄想耳。

秋女士那时大约就回到绍兴去，不久与于大通学堂之难。革命告成，及今已二十五年，重阅旧记，不胜感慨。又二月初十日条下云：

得丁初我函言《侠女奴》事，云赠报一年。

十四日云：

星期，休息，雨。译《侠女奴》竟，即抄好，约二千五百字，全文统一万馀言，拟即寄。此事已了，如释重负，快甚。

三月初二日云：

下午收到上海女子世界社寄信，并《女子世

界》十一册，增刊一册《双艳记》《恩仇血》《孽海花》各一册。夜阅竟三册。

廿九日云：

患寒疾。接丁初我廿六日函，云《侠女奴》将印单行本，即以此补助《女子世界》。下午作函允之，并声明一切。

丁先生在上海办《小说林》，刊行《女子世界》，我从《天方夜谈》英译本中抄译亚利巴巴与四十强盗的故事，题曰《侠女奴》，托名萍云女士寄去，上边所记就是这件事情。这译文当然很不成东西，但实是我最初的出手，所以值得一提。我离南京后与丁先生没有再通信，后来看见民国八年刻成的《虞山丛刻》，知道他健在而且还努力刻书，非常喜欢，现今又过了十七年了，关于他的消息我很想知道，因为丁先生也是一位未曾见面而很有益于我的师友也。

第十四册题曰《乙巳北行日记》，实行只有两页，自十一月十一日至十二月廿五日，记与同班二十三人来北京练兵处应留学考试事。纪事非常简单，那天渡黄河渡了五个钟头，许多事情至今还记得，日记上只有两行，其馀不出一行，又不是每天都记，所以没有什么好材料可以抄录。当时在西河沿新丰栈住，民六到北京后去看过一趟，却早已不见了，同班中至今在北平的大约也只不佞一人了罢。时光过的真快，这十四小册子都已成为前一代的旧事了，所以可以发表一点儿，可是因此也就没有什么可看的了。

廿五年三月三十日，于北平之苦雨斋。

【锺校】

①“二”原误作“三”。

②“峭”原作“俏”。

《绍兴儿歌述略》序

《西河牍札》之三“与故人”云：

> 初意舟过若下可得就近一涉江水，不谓蹉跎转深，今故园柳条又生矣。江北春无梅雨，差便旅眺，第日熏尘起，障目若雾，且异地佳山水终以非故园不浃寝食，譬如易水种鱼，难免圉困，换土栽根，枝叶转悴，况其中有他乎。向随王远侯归夏邑，远侯以宦迹从江南来，甫涉淮扬躐濠亳，视夏宅枣林榆隰女城茅屋定谓有过，乃与其家人者夜饮中酒叹曰，吾遍游北南，似无如吾土之美者。嗟乎，远游者可知已。

正如人家所说，“西河小牍随笔皆有意趣”，而这一则似最佳，因为里边含有深厚的情味。但是，虽然我很喜欢这篇文章，我的意见却多少有点儿不同。故乡的山水风物因为熟习亲近的缘故，的确可以令人流连记忆，不过这如隔绝了便愈久愈疏，即使或者会得形诸梦寐，事实上却总是没有什么关系了。在别一方面他给予我们一个极大的影响，就是想要摆脱也无从摆脱的，那即是言语。普通提起方言似乎多只注重那特殊的声音，我所觉得有兴趣的乃在其词与句，即名物云谓以及表现方式。我尝猜想一个人的文章往往暗中受他方言的支配，假如他不去模拟而真是诚实的表现自己。我们不能照样的说，遍览北南无如吾语之美者，但在事实上，不能不以此为唯一根据，无论去写作或研究，因为到底只有这个是知道得最深，也运用得最熟。所以我们如去各自对于方言稍加记录整理，那不失为很有意义的事，不但是事半功倍，也大有用处，而且实在也正是远游者对于故乡的一种义务也。

不佞乃旧会稽县人也，故小时候所说的是绍兴话。后来在外边居住，听了些杭州话南京话北京话，自己也学说蓝青官话，可是程度都很浅，讲到底，我所能自由运用的还只是绍兴话那一种罢了。光绪戊寅（一八七八）会稽范寅著《越谚》三卷，自序有云：

> 寅不敏又不佞，人今之人，言今之言，不识君子安雅，亦越人安越而已矣。

这一部书我很尊重，这几句话我也很喜欢。辛亥秋天我从东京回绍兴，开始搜集本地的儿歌童话，民国二年任县教育会长，利用会报作文鼓吹，可是没有效果，只有一个人寄过一首歌来，我自己陆续记了有二百则，还都是草稿，没有誊清过。六年四月来到北京大学，不久歌谣研究会成立，我也在内，我所有的也只是这册稿子。今年歌谣整理会复兴，我又把稿子拿出来，这回或有出版的希望。关于歌谣我毫无别的贡献，二十年来只带着一小册绍兴儿歌，真可谓越人安越了。但是实际连这一小册也还是二十年前的原样子，一直没有编好，可谓荒唐矣。现在总须得整理一番，预备出版，不过这很令我踌躇，盖整理亦不是一件容易事也。

我所集录的是绍兴儿歌，而名曰述略，何也。老实说，这有点儿像醉翁之意不在酒的样子，也可以说买椟还珠罢。歌是现成的，述是临时做出来的，故我的用力乃在此而不在彼也。笺注这一卷绍兴儿歌，大抵我的兴趣所在是这几方面，即一言语，二名物，三风俗。方言里边有从古语变下来的，有与他方言可以通转的，要研究这些自然非由音韵下手不可，但正如文字学在声韵以外有形义及文法两部分，方言也有这部分存在，很值得注意，虽然讲到他的转变还要声韵的知识来做帮助。绍兴儿童唱蚊虫歌，颇似五言绝句，末句云：

搭杀像污介。

这里“搭”这一动作，“污”这一名物以外，还有“像污介”这一种语法，都是值得记述的。我们平常以为这种字义与文法是极容易懂的，至少是江浙一带所通用，用不着说明。这在常识上是对的，不过你也不记我也不记，只让他在口头飘浮着，不久语音渐变，便无从再去稽查，而不屑纪录琐细的事尤其是开一恶例，影响不只限于方言，关于自然与人生各方面多不注意，许多笔记都讲的是官场科名神怪香艳，分量是汗牛而充栋，内容却全是没事干干扯淡，徒然糟塌些粉连纸而已。我想矫枉无妨稍过正，在这个时候我们该从琐屑下手，变换一下陈旧的空气。这里我就谈到第二问题去，即名物，这本来也就包括在上文里边，现在不过单提了出来罢了。十二三年前我在北京大学出版的《歌谣周刊》第三十一期上登过一篇《歌谣与方言调查》，中间曾说：

> 我觉得现在中国语体文的缺点在于语汇之太贫弱，而文法之不密还在其次，这个救济的方法当然有采用古文及外来语这两件事，但采用方言也是同样重要的事情。

辞汇中感到缺乏的，动作与疏状字似还在其次，最显著的是名物，而这在方言中却多有，虽然不能普遍，其表现力常在古语或学名之上。如绍兴呼蘩缕曰小鸡草，平地木曰老弗大，杜鹃花曰映山红，北平呼栝蒌曰赤包儿，蜗牛[1]曰水牛儿，是也。柳田国男著《民间传承论》第八章“言语艺术”项下论水马儿的名称处有云：

> 命名者多是小孩，这是很有趣的事。多采集些来看，有好多是保姆或老人替小孩所定的名称。大概多是有孩子气的，而且这也就是很好的名字。

我的私意便是想来关于这些名字多说些闲话，别的不打紧，就只怕实在没有这许多东西或是机会，那么这也是没法。至于风俗，应说就说，若无若有，盖无成心焉。

这样说来，我倒很有点像木华做《海赋》，只“于海之上下四旁言之”，要紧的海倒反不说。儿歌是儿童的诗，他的文学价值如何呢？这个我现在回答不来，我也恐怕寥寥的这些小篇零句里未必会有这种东西。总之我只想利用自己知道得比较最多最确实的关于绍兴生活的知识，写出一点零碎的小记，附在儿歌里公之于世，我就十分满足了。歌词都想注音，注音字母发布了将二十年，可惜韵[2]母终于还未制定，这里只好借用罗马字，——序文先写得了，若是本文完全注好，那恐怕还要些时光，这序可以算作预告，等将来再添写跋尾罢。

民国二十五年四月三日，于北平。

【锺校】

①“牛”原作“瓜”。

②“韵”原作“闰”。

安徒生的四篇童话

我和安徒生（H. C. Andersen）的确可以说是久违了。整三十年前我初买到他的小说《即兴诗人》，随后又得到一两本童话，可是并不能了解他，一直到了一九〇九年在东京旧书店买了丹麦波耶生的《北欧文学论集》和勃阑特思的论文集（英译名《十九世纪名人论》）来，读过里边论安徒生的文章，这才眼孔开了，能够懂得并喜欢他的童话。后来收集童话的好些译本，其中有在安徒生生前美国出版的全集本两巨册，一八七〇年以前的童话都收在里边了，但是没有译者名字，觉得不大靠得住。一九一四年奥斯福大学出版部的克莱吉夫妇编订本，收录完备，自初作的《火绒箱》以至绝笔的《牙痛老姆》全都收入，而且次序悉照发表时代排列，译文一一依据原本改正，削繁补缺，可谓善本，得此一册也就可以满足了，虽然勃拉克斯塔特本或培因本还觉得颇喜欢，若要读一两篇时选本也更为简要。但是我虽爱安徒生童话，译却终于不敢，因为这件事实在太难了，知道自己的力量很不够，只可翻开来随意读读或对客谈谈而已，不久也就觉得可以少谈，近年来则自己读了消遣的事也久已没有了。

去年十二月三十日却忽然又买到了一小本安徒生的童话。这件事情说来话长。原来安徒生初次印行童话是在一八三五年，内系《火绒箱》《大克劳斯与小克劳斯》《豌豆上的公主》《小伊达的花》，共四篇，计六十一页。去年一九三五正是百年纪念，坎勃列治大学出版部特刊四篇新译，以为纪念，我就托书店去定购，等得寄到时已经是残年向尽了。本文系开格温（R. P. Keigwin）所译，有拉佛拉忒夫人（Gwen Raverat）所作木板画大小三十五幅，又安徒生小像两个，——这都只有两英寸高，所以觉得不好称幅。安徒生的童话前期所作似更佳，这四篇我都爱读，这回得到新译小册，又重复看了两三遍，不但是多年不见了的缘故，他亦实在自有其好处也。

译者在卷首题句，借以纪念他父母的金刚石结婚，盖结婚在一八七五，正是安徒生去世之年，到了一九三五整整的是六十年了。译者又有小引云：

回顾一百年的岁月，又记着安徒生所写童话

的数目，我们便要惊异，看这最初所出的第一辑是多么代表的作品，这诗人又多么确实的一跳起来便踏定脚步。在一八三五年的早春他写信给印该曼道：“我动手写一两篇故事，讲给儿童们听的，我自己觉得很是成功。”

他所复述的故事都是那些儿时在芬岛他自己所喜欢听的，但是那四篇却各有特别显明的一种风格。在《火绒箱》里，那兵显然是安徒生自己，正因为第一篇小说的目前的成功高兴得了不得，那文章的调子是轻快的莽撞的。在《大克劳斯与小克劳斯》那快活的民间喜剧里，他的素朴性能够尽量的发现，但其效力总是健全而兴奋的。这两篇故事里金钱的确是重要的主眼，而这也正是金钱为那时贫穷的安徒生所最需要的东西。或者那时候他所要的还该加上一个公主罢。于是有那篇《豌豆上的公主》，这里有他特别的一股讽刺味，这就使得那篇小故事成为一种感受性的试验品。末了有《小伊达的花》，一篇梦幻故事，像故事里的花那么温和柔脆，在这里又显示出别一样的安徒生来，带着路易加乐尔（Lewis Carroll）的希微的预兆，——伊达帖蔼勒即是他的阿丽思列特耳。《小伊达》中满是私密的事情，很令我们想起那时代的丹麦京城是多么的偏鄙，这故事虽是一部分来自霍夫曼，但其写法却全是独创的。而且在这里，安徒生又很无心的总结起他对于异性的经验：“于是那扫烟囱的便独自跳舞，可是这倒也跳得不坏。”

关于安徒生的文体还须加以说明，因为正是这个，很招了他早期批评家的怒，可是末后却在丹麦散文的将来上发生一种强有力的影响。他在那封给印该曼的信上说：“我写童话，正如我对小孩讲一样。”这就是说，他抛弃了那种所谓文章体，改用口语上的自然的谈话的形式。后年他又写道：“那文体应该使人能够听出讲话的人的口气，所以文字应当努力去与口语相合。”这好像是一篇论广播的英文的话，安徒生实在也可以说是一个最初的广播者。他在几乎一百年前早已实行了那种言语的简单化的技术，这据说正是不列颠广播会（B. B. O.）的重要工作之一。

他在叙述上边加以种种谈话的笔法，如干脆活泼的开场，一下子抓住了听者的注意，又如常用背躬独白或插句，零碎的丹麦京城俗语，好些文法上的自由，还有那些语助辞——言语里的点头和撑肘，这在丹麦文里是与希腊文同样的很丰富的。安徒生在他的童话里那样的保持着谈话的调子，所以偶然碰见一点真的文章笔调的时候你就会大吃一惊的。他又说道："那些童话是对儿童讲的，但大人们也可以听。"所以其言语也并不以儿童的言语为限，不过是用那一种为儿童所能理解与享受的罢了。（这是很奇异的，安徒生的言语与格林所用的相差有多么远，且不说他的诙谐趣味，这在丹麦人看来是他最为人所爱的一种特色。在英国普通以为他太是感伤的印象，也大抵都是错误的。）

现在只简略的说明安徒生的言语的技术，但是可惜，这常被湮没了，因为译者的想要修饰，于是在原著者的散文上加了好些东西，而这在原本却正是很光荣地并没有的。至于其馀的话可以不说了，这里是他最初的四篇童话，自己会得表明，虽然这总使人绝望，不能把真的丹麦风味搬到英文上来。安徒生，丹麦的儿童的发见者，也是各国家的和各国语的儿童的恩人。真是幸福了，如不久以前一个法国人所说，幸福的是他们，自己以为是给儿童写作，却是一般地贡献于人类，盖他们乃是地上的君王也。

上面引用安徒生晚年所写的话，原见丹麦全集第二十七册，美国本亦译载之，系一八六八年所记，说明其写童话的先后经过者也。自叙传《我一生的童话》之第七章中也说及此事，但不详细。一九三二年英国出版《安徒生传》，托克斯微格女士（Signe Toksvig）著，盖是丹麦人而用英文著述者，第十三章关于童话第一辑叙说颇多，今不重述，但有两点可以补充。其一，《豌豆上的公主》本是民间传说，与《火绒箱》等都是从纺纱的女人和采诃布花的人听来的，但这里有一点对于伍尔夫小姐的讽刺，因为她遇见无论什么小事总是太敏感的。其二，扫烟囱的独自跳舞，因为洋娃娃苏菲拒绝了他，不肯同安徒生跳舞的据说也有其人，即是珂林家的路易丝小姐。可是这传里最有益的资料并不是这些，乃是他讲人家批评安徒生的地方。这辑童话出去之后，大杂志自然毫不理会，却有两家很加以严正的教训。传中云：

> 这是很怪的，安徒生平常总是那么苦痛的想，觉得自己老是恶意的误解与可怕的不公平之受害者，对于这两个批评却似乎不曾流过眼泪。但是我们不妨说，在全世界的文学史上，实在再也没有东西比这更是傲慢而且驴似地蠢的了。

这很值得引用。第一个批评说："虽然批评者并不反对给成人们看的童话，可是他觉得这种文学作品全然不适宜于儿童。他自然也知道儿童容易对于奇异事情感受兴趣，但是他们的读物，即使是在校外，可以单给他们娱乐的么？凡是要给儿童什么东西去读的，应该在单去娱乐他们之上有一个较高的目的。但就事实来说，童话里不能够把自然与人类的有用知识传授给儿童们，至多只有几句格言罢了，所以这是一个问题，是否太是利少害多，因为这会把他们心里都灌满了空想了。”

批评者又列举各篇童话，承认说这的确可以使儿童听了喜欢，可是[1]这不但不能改进他们的心，反而会有很大的害处：

“有人承认这可以改进儿童的礼仪观念么？他看这童话里说一个熟睡的公主骑在狗背上跑到兵那里，兵亲了她的嘴，后来她完全清醒了的时候告诉父母这件妙事，说是一个怪梦！”

又：“儿童的羞耻意识可以改进么？他看童话里说一个女人在她丈夫出门的时候独自同那管庙的吃酒饭？”

又：“儿童的人命价值观念可以改进么？他看那《大克劳斯与小克劳斯》里的那些杀人事件？”

至于《豌豆上的公主》："这在批评者看去似乎不但是粗俗而且还很荒唐，因为儿童看了或者会吸收这种错误观念，以为那些贵妇人真是这么了不得的皮薄的。"

"《小伊达的花》算是比较的没有弊害，但是可惜，这里边也没有道德教训！"

那位先生于是在末尾劝这有才能的著者要记住他的崇高的职务，勿再这样浪费他的光阴。

第二个批评差不多也是同样的口调，但是着力说明这样用口语写文章之无谓，因为这总该把难懂一点的东西去给儿童，那么他们会努力去想懂得。这才是儿童们所尊重的。否则就会使得他们有机会自尊起来，随意批评事情，这于儿童是极有害的事。他劝安徒生不要这样的弄下去，但是那批评家摩耳贝克刚才印行了一本故事集，这是文章作法的模范，而且也指示出教训来，这就是在童话里也还该有的。

一世纪后苏维埃政府阻止学校里读童话，理由是说童话颂扬王子与公主。

在一百年前，这样子的批评其实是不足怪的。可怪的只是有安徒生这种天才，突然地写出破天荒的小故事，把世人吓一跳，然而安徒生自己却也并不知道。他被人家这么教训了之后，也就想回过去做他的小说，这些“劳什子”放弃了本来并不觉得可惜。大家知道欧洲的儿童发见始于卢梭，不过实在那只可算是一半，等到美国史丹来霍耳博士的儿童研究开始，这才整个完成了。十八世纪在文学上本是一个常识教训的时代，受了卢梭影响的儿童教育实在也是同一色彩，给儿童看的书里非有教训不可，这正是当然的道理。举一个极端的例，我在《缢女图考释》中引用法国戴恩的话，说王政复古时的英国人将克林威耳等人的死体挂在绞架上，大家去看，我加以解说道：

> 但是这种景象也有人并不以为可嫌恶，因为这有道德的作用，十八世纪时有些作家都如此想，有儿童文学的作者如谢五德太太（Mrs. Sherwood）便很利用绞架为教科。哲木斯在《昨日之儿童的书》（一九三三年）引论中说，他们诚实的相信，恶人的公平而且可怕的果报之恐吓，应该与棍子和药碗天天给孩子们服用，这在现代儿童心理学的泰斗听了是会很感到不安的。这恐怕是实在的，但在那时却都深信绞架的价值，所以也不见得一定会错。现在且举出谢五德太太所著的《费厄却耳特家》为例，两个小孩打架，费厄却耳特先生想起气是杀人媒的

话，便带领他们到一个地方去，到来看时原来是一座绞架。“架上用了铁索挂着一个男子的身体，这还没有落成碎片，虽然已经挂在那里有好几年了。那身体穿了一件蓝衫，一块丝巾围着脖子，穿鞋着袜，衣服一切都还完全无缺，但是那尸体的脸是那么骇人，孩子们一看都不敢看。”这是一个杀人的凶手，绞死了示众，直到跌落成为碎片而止。费厄却耳特先生讲述他的故事，一阵风吹来摇动绞架上的死人，锁索悉索作响，孩子们吓得要死，费厄却耳特先生还要继续讲这故事，于是圆满结局，两个小孩跪下祷告，请求改心。

这样看来，安徒生的做法确是违反文学正宗的定律的了。可是正宗派虽反对，而儿童却是喜欢听。浪漫主义起来，独创的美的作品被重视了，儿童学成立，童话的认识更明确了，于是出现了新的看法，正宗的批评家反被称为驴似的蠢了。但是，那些批评在中国倒是不会被嫌憎的，因为正宗派在中国始终是占着势力，现今还是大家主张读经读古文，要给儿童有用的教训或难懂的主义，这与那两个批评是大半相合的。在世界也是思想的轮回，宗教与科学，权威与知识，有如冬夏昼夜之迭代，中国则是一个长夜，至少也是光明微少而黑暗长远。安徒生在西洋的运命将来不知如何，若在中国之不大能站得住脚盖可知矣，今写此文以纪念其四篇亦正是必要也。

二十五年一月。

【鄢校】

①“可是”原作“不题”。

日本管窥之三

此刻现在自己伸出嘴来谈中日事情，有点像樊迟樊哙的小兄弟一样，实实是“樊恼自取”。可是不相干，我还想来说几句话。这并不是像小孩玩火，觉得因危险而好玩，也当然不是像法师振锡，想去醒迷警顽。我只是看到别人的几句文章，略略有点意思想随便说说罢了。胡适之室伏高信二君的两篇大文都在报上读过了，两篇都写得很好，都说得很有道理，我也很佩服，但是引起我的感想的却不是这个。我所说的是一个在东京的留学生真君十一月二十四日写来的私信，其中有云：

> 前日随东师观早大演剧博物馆，初期肉笔浮世绘展，昨又随其赴上野帝室博物馆并美术馆之现代板画展等，东师一一赐为详细说明，引起无限的兴趣。同时益觉得今日的日本可敬可畏，而过去的日本却实在更可爱。江户今虽已成东京，

但仍极热望能在此多住几年，尤望明年先生也能来东京，则更多赐教启发的机会了。然而这些希望看来似乎都很渺茫也。

这里我忽然想起了清末的两个人，黄遵宪与叶昌炽。黄君著的《人境庐诗草》卷八有《马关纪事》五首，显然是光绪乙未年所作，其一云：

既遣和戎使，翻贻骄倨书。
改书追玉玺，绝使复轺车。
唇齿相关谊，干戈百战馀。
所期捐细故，盟好复如初。

黄君虽然曾著《日本杂事诗》与《日本国志》，在中国是最早也最深地了解日本的人，但在中日战争的甲午的次年就敢于这样说，我们不能不佩服他的胆识。叶君诗文集外著有《语石》，最有名，殁后出版的《缘督庐日记钞》卷八记庚子六月间事有两则云：

初九日，莒南来久谈，云日本使臣及统兵官因待中国太厚为其国主撤归，此必各国有责言，不能不自掩其同洲之迹，然而中国苦矣。

初十日，昨莒南云，庆邸回京往晤各国使臣，日使教之云，为中国计，第一请停战，第二急派兵剿义和团，无令他国代剿，失自主之权。畿辅州邑得不致大遭蹂躏者，此两言之力也。为我谋不可谓不忠，宜各国之有后言也。

这里所记的是否事实我不能知道，或者莒南所谈原只是道听途说亦未可知，不过那都没有什么关系，所可注意的是叶君在庚子那时对于日本的态度。这种态度大约也不只叶君一人，有莒南等人展转相传地来说，可知这空气传播得颇广，叶君却把它表示出来罢了。

从庚子到现今乙亥又是三十五年了，突然听到了真君的话，很有点出于意外。真君本来是颇爱人境庐的诗的，所以意见与黄君相近吧？但是这里有点不同，黄叶二君亲日的意见大抵以政治为立脚点，而真君则纯是文化的，这是我所很感到兴趣的地方。说到亲日，我在这里不免要来抄录一篇小文，对于这个名词略加说明：

中国的亲日派，同儒教徒一样，同样的为世诟病，却也同样的并没有真实的当得起这名称的人。

中国所痛恶的，日本所欢迎的那种亲日派，并不是真实的亲日派，不过是一种牟利求荣的小人，对于中国，与对于日本，一样有害的，一面损了中国的实利，一面损了日本的光荣。

我们承认一国的光荣在于他的文化——学术与艺文，并不在他的属地利权或武力，而且这些东西有时候还要连累了缺损他原有的光荣。（案如欧战时德国文学家霍普忒曼，非洲战争时义国科学家马尔可尼，各为本国辩解，说好些可笑的话。）

中国并不曾有真的亲日派，因为中国还没有人理解日本国民的真的光荣，这件事只看中国出版界上没有一册书或一篇文讲日本的文艺或美术，就可知道了。日本国民曾经得到过一个知己，便是小泉八云（Lafeadio Hearn），他才是真的亲日派。中国有这样的人么？我惭愧说，没有。此外有真能理解及绍介英德法俄等国的文化到中国来的真的亲英亲德等派么？谁又是专心研究与中国文化最有关系的印度的人呢？便是真能了解本国文化的价值，真实的研究整理，不涉及复古与自大的，真的爱国的国学家，也就不很多吧。

日本的朋友，我要向你道一句歉，我们同你做了几千年的邻居，却举不出一个人来，可以算是你真的知己。但我同时也有一句劝告，请你不要认不肖子弟的恶友为知己，请你拒绝他们，因为他们只能卖给你土地，这却不是你的真光荣。

此文系民国九年所写，题曰《亲日派》，登在当

时《晨报》“第七版”上，因为还没有所谓副刊。这已是十五年前的事情了，文章的那样写法与有些意思现在看来觉得有点幼稚，十几年中事实也稍有变更了，这里所说的话未必能算全对，不过对于亲日的解说我还是那么想，所以引用了。所谓亲日应该是Nipponophilos一语的翻译，是爱日本者，也可以说是日本之友，而友谊又与亲族关系不同，他不会去附和械斗，也不讲酒食征逐，只因相知遂生情意，个人与民族虽大小悬殊，情形却无二致。世界上爱日本者向来以小泉八云为代表。近来又加添了一个葡萄牙人摩拉蔼思(W. de Moraes)。此外如法国的古修（P. L. Couchoud）等大约还不少，不过在日本没有翻译，所以不大知道。小泉八云的全集已有日译，原书又是英文，大家见到的很多，摩拉蔼思的著作今年有两种译成日本文即《日本的精神》与《德岛的盆踊》。讲到专门的研究，文学方面不及张伯伦，美术方面不及菲纳罗沙与龚枯尔，他们只对于日本一般的文化与社会情形感到兴趣，加为赞赏，因为涉及的范围广大，叙说通俗，所以能得到多数的读者，但因此也不免有浅薄的缺点。还有一层：

西洋人看东洋总是有点浪漫的，他们的诋毁与赞叹都不甚可靠，这仿佛是对于一种热带植物

> 的失望或满意，没有什么清白的理解根据，有名如小泉八云也还不免有点如此。

这是十年前所说的话，到现在也是这样想。小泉八云的文章与思想还有他的美，摩拉蔼思的我更觉得别无特色，或者一半因为译文的无味的缘故亦未可知。他们都不免从异域趣味出发，其次是浓厚的宗教情绪，这自然不会是希伯来正宗的了。他们要来了解东洋思想，往往戴上了泛神的眼镜，或又固执地抓住了轮回观，凭空看出许多幻影来。日本原来也是富于宗教情绪的民族，却未必真是耽溺于灵魂与轮回的冥想，如基督教人之所想像。如小泉八云著《怪谈》中的《蚊子》是一篇很好的散文，末尾云：

> 假如我要被判定去落在食血饿鬼道中，那么我愿意有这机会去转生在坟前的那些竹花瓶里，将来我可以从那里偷偷地出来，唱着我的细而且辣的歌，去咬我所认识的人。

这说得很有风趣，但在上文说如东京想要除灭蚊子，须得在寺里墓场里的一切花瓶的水上注上石油，因为这里边能发育蚊子，但是这断不可能，不特破坏了祖先崇拜之诗美，而且戒杀生的宗教与敬祖的孝心也决不能奉命云云，如当作诗人自己奇怪的意境看固亦无妨，但若是算作实写日本的情形则未免是谬误之一例了。中国人论理可以没有这些毛病，因为我们的文化与日本是同一系统，儒释道三种思想本是知道的，那么这里没有什么隔阂，了解自然容易得多。十五年前说中国还没有讲日本文学的书，现在也是有了，世上难得再有小泉八云那样才笔，但是不下于他的理解总是可能的，所以这件事似乎看下去很可以乐观。我尝说过，日本与中国在唐朝的往来真是人类史上最有光荣的事，纯是文化的友谊的使节，一点都没有含着不纯的动机，只有在同时代的中国与印度的往来可以相比，在外国绝对找不出一个类似的例来，罗马与希腊的文化的关系不可谓不密切，那却是从侵略来的，情形就大不相同了。中国对于日本文化的理解有很好的“因”很远地种下了，可是“缘”却不好，这多少年来政治上的冲突成了文化接触的极大障害，所以从又一方面看去乐观是绝无根据。在这个时候听见真君的几句话，确是空谷足音，不能不令人瞿然惊顾了。

要了解别国的文化可是甚不容易的事。从前我说文化大抵只以学术与艺文为限，现在觉得这是不对的。学术艺文固然是文化的最高代表，而低的部分在社会上却很有势力，少数人的思想虽是合理，而多数人却也就是实力。所以我们对于文化似乎不能够单以文人学者为对象，更得放大范围来看才是。前日读谷崎润一郎的新著小说《武州公秘话》，卷二记桐生辉胜十三岁时在牡鹿城为质，药师寺军围城，辉胜夜登小楼观女人们装饰所斩获的首级事，我觉得很有意思。老女最初说明道：

> 近来几乎每天晚上都从自己的队伙中叫去五六个人，把斩获的敌人的首级拿来与首级簿对勘，换挂首级牌，洗濯血迹，去办这些差使。首级这东西，若是无名的小兵的那或者难说，否则凡是像点样子的勇士的头，那就都是这样的好好地弄干净了，再去供大将的查检。所以都要弄得不难看，头发乱了的给他重新梳好头，染牙齿的重新给染过，偶然也有首级要给他薄薄地搽点粉。总之竭力地要使那人保存原来的风貌与血气，与活着的时候仿佛。这件事叫做装饰首级，是女人所做的工作。

随后纪述这工作的情形云：

> 人数正是五个。这里边的三个女人都有一个首级放在前面，其馀的两个女人当作助手。第一个女人舀起半勺热水来倒在木盆里，叫助手帮着洗那首级。洗了之后把这个放在首级板上，递给第二个人。这个女人接了过来，给他梳发挽髻。第三个女人就在首级上挂上牌子。工作是这样的

顺着次序做下去。最后，这些首级都放在三个女人后面的长的大木板上，排列作一行。

关于梳头又详细地描写道：

从左端的女人手里递过干干净净地揩去了血迹的一个首级来时，这女人接受了，先用剪刀剪断了髻上的头绳，随后爱抚似地给他细心地梳发，有的给搽点香油，有时给剃顶搭（案日本维新前男子皆蓄发结髻，唯脑门上剃去一部分如掌大），有时从经机上取过香炉来，拿头发在烟上熏一回，于是右手拿起新的头绳，将一头咬在嘴里，用左手将头发束起，正如梳头婆所做一样，把髻结了起来。

又云：

那些女人们要不失对于死者的尊敬之意，无论什么时候决不粗暴地动作。她们总是尽可能的郑重地，谨慎地，和婉地做着。

谷崎的意思是在写武州公的性的他虐狂，这里只是说他那变态的起源，但是我看了却是觉得另外有意思，因为我所注意的是装饰首级中的文化。我们平常知道日本话里有“首实检”（Kubi Jikken）一字，意义是说检查首级，夏天挑买香瓜西瓜，常说是检查首级似的。这是战国时代的一种习惯，至今留在言语里，是很普通的话，而装饰首级则即是其前一段，不过这名称在现今已是生疏了。今年同学生们读松尾芭蕉的纪行文《奥之细道》，有记在小松的太田神社观斋藤实盛遗物盔与锦袍一节，在这里也联想起来。实盛于寿永二年（一一八三，宋孝宗淳熙十年）随平维盛往征木曾义仲，筱原之战为手冢光盛所杀，时年七十三，恐以年老为人所轻，故以墨染须发，首级无人能识，令樋口兼光视之，始知其为实盛，经水洗白发尽出，见者皆感泣，义仲具祈愿状命兼光送遗物纳于太田神社，芭蕉咏之曰：

Muzan yana, Kabuto no shita no Kirigirisu!

（大意云，伤哉，盔底下的蟋蟀呀！原系十七音的小诗，意多于字，不易翻译。）

十四世纪的谣曲中有《实盛》一篇，亦以此为材料，下半本中一段云：

且说筱原的争战既了，源氏的手冢太郎光盛，到木曾公的尊前说道，光盛与奇异的贼徒对打，取了首级来。说是大将，又没有随从的兵卒，说是武士，却穿着锦战袍。叫他报名来，也终没有报名，听他说话乃是坂东口气。木曾公听了，阿呀那可不是长井的斋藤别当实盛么？若是如此，须发都该皓白了，如今却是黑的，好不奇怪。樋口次郎想当认识，叫他到来。樋口走到一眼看去，唉唉伤哉，那真是斋藤别当也。实盛常说，年过六十出阵打仗，与公子小将争先竟胜，既失体统，而且被称老将，受人家的轻侮，更是懊恼，所以该当墨染须发，少年似的死于战场。平常这样地说，却真是染了。且让我洗了来看。说了拿起首级，离开尊前，来到池边，柳丝低垂，碧波照影，正是："气霁风梳新柳发，冰消浪洗旧苔须。"洗了一看，黑色流落，变成原来的白发。凡是爱惜名声的执弓之士都应当如是，唉唉真是有情味的人呀，大众见了都感叹流泪。

以上杂抄数节，均足以看出所谓"武士之情"。这即是国民文化之一部分表现，我们平常太偏重文的一面，往往把这边没却了，未免所见偏而不全。我近来有一种私见，觉得人类文化中可以分作两部，其一勉强称曰物的文化，其二也同样勉强地称曰人的文化。凡根据生物的本能，利用器械使技能发展，便于争存者，即物的文化，如枪炮及远等于爪牙之特别锐长，听远望远等于耳鼻的特别聪敏，于生存上有利，而其效止在损人利己，故在文化上也只能说是低级的，与动物相比亦但有量的差异而非质的不同也。虽然并不违反自然，却加以修改或节制，其行为顾虑及别人，至少要利己而不损人，又或人己俱利，以至损己利人，若此者为高级的，人的文化。今春在《耆老行乞》文中我曾这样说：

> 一切生物的求食法不外杀、抢、偷三者，到了两条腿的人才能够拿出东西来给别的吃，所以乞食在人类社会上实在是指出一种空前的荣誉。

假如在非洲地方我们遇见一个白人全副文明装束拿了快枪去打猎杀生，又有一个裸体黑人在路旁拿了他的煨蛴螬留过路的人共食，我们不能不承认这里文明与野蛮正换了地位，古人所常常喜说的人禽之辨实在要这样去看才对。上面所引的各节因此可以看出意义，虽然也有人可以说，装饰好了死人头去请大帅赏鉴，正是封建时代残忍的恶风，或者如弗来则（Frazer）氏所说的由于怕那死人的缘故，所以有饰终典礼吧，但是我总不是这样想。无论对于牡[①]鹿城或筱原的被害者，要不失对于死者的尊敬之意，这是一种人情之美，为动物的本能上所没有的。固然有些残忍的恶风与怕鬼的迷信也只是人类所有，在动物里不能发见，但那是动物以下的变态，不能与这相提并论。我常想人类道德中仁恕的位置远在忠孝之上，所以在日本的武士道中我也很看重这“武士之情”，觉得这里边含有大慈悲种子，能够开出顶好的花来，若主从之义实在关系的范围很小，这个有如周末侠士的知己感，可以给别人保得家国，那个则是菩萨行愿，看似微小，扩充起来却可保天下度世人也。这回所谈的有点违反我平常习惯似地稍倾于理想亦未可知，但在我总是想竭力诚实地说，不愿意写看似漂亮而自己也并不相信的话。总之我只想略谈日本武士生活里的人情，特别举了那阴惨可怕的检查首级来做个例，看看在互相残杀的当中还有一点人情的发露，这恐怕就是非常阴暗的人生路上的唯一光明小点吧。此刻现在还有真君那样的人留意日本近代文明，真是很难得很可喜的。同时我还想请真君于文艺美术之外再跨出一步去向别的各方面找寻文化，以为印证，则所得一定更大，而文化上的日本也一定更为可爱了。

但是，要了解一国文化，这件事固然很艰难，而且，实在又是很寂寞的。平常只注意于往昔的文化，不禁神驰，但在现实上往往不但不相同，或者还简直相反，这时候很要使人感到矛盾失望。其实这是不足怪的。古今时异，一也；多寡数异，又其二也。天下可贵的事物本不是常有的，山阴道士不能写黄庭，曲阜童生也不见得能讲《论语》，研究文化的人想遍地看去都是文化，此不可得之事也。日本文化亦是如此，故非耐寂寞者不能着手研究，如或太热心，必欲使心中文化与目前事实合一，则结果非矛盾失望而中止不可。不佞尝为学生讲日本文学与其背景，常苦于此种疑问之不能解答，终亦只能承认有好些高级的文化是过去的少数的，对于现今的多数是没有什么势力，此种结论虽颇暗淡少生气，却是从自己的经验得来，故确是诚实无假者也。

廿四年十二月。

［附记］我为《国闻周报》写了三篇《日本管窥》，第一篇收在《苦茶随笔》里，第二篇收在《苦竹杂记》里，改名《日本的衣食住》，这是第三篇，却改不出什么好名字，所以保留原题。

廿五年五月编校时记。

【鄢校】

①“牡”原作“牝”。

附录一：改名纪略

我是一个极平常的人，我的名号也很是平常，时常与人家相同。午后从外边回来，接到一位友人的信云：

昨见一刊物大书公名，特函呈阅。

我把附来的一本小册子一看，果然第二篇文章署名“知堂”，题目是《爱国运动与赤化运动》。一个多月以前有上海的朋友来信说，汉口出了一种新记的《人间世》，里边也有文章署我的名字，因为没有看到那小册子，所以不知道用的是名是号，但总之我并没有寄稿到汉口去过，所以决不是我的著作，即使写着我的名号，那也总是别一同名号的人的手笔。这回的小册子名叫《华北评论》，只知道是四月十五日出版，不记明号数，也无地点，大约是一种不定期或定期的政治外交的刊物，所谓“某方”的色彩很是鲜明的。对于这个刊物不曾投过稿，实在也不知道它在哪里，那么那篇文章当然不会是我所作，而且也不会是从别处转载，因为我就压根儿不能写那些文章，所以作者别有知堂其人，那是无可疑的了。

在好几月以前，有人写信给王柱宇先生，大加嘲骂，署名知堂，而且信封上还写周寄字样。我去问王先生要了原信来看，笔迹与我不一样，自然不是我所寄的，天下未必没有姓周名知堂的别一人，虽然这也未免太觉得凑巧一点。反正这件事只关系王先生，只要他知道了这信是别一个姓周名知堂的所写而不是我的，那么其馀的事都可不谈，所以随即搁起了。今日看了上文所说的评论，又联想了起来，觉得我的名号真太平常了，容易有这种事情。这固然都是小事，却也不是很愉快的，于是去想补救的方法。

第一想到的就是改名。但是在想定要改之前，又有别的一个主张，就是无须改名。这理由是很简单的。我所写的文章范围很小，差不多只以文化为限，凡关于实际的政治外交问题我都不谈，凡是做宣传有作用的机关报纸上也都不登的，所以在这些上面就很容易区别，同名似亦不妨。至于骂人的信，固然笔迹不同可以看得出，其实在我本来也可不必多辩，因为我近十年来是早已不骂人了。近来经验益多，见闻益广，世故亦益深了，正如古昔贤母教女慎勿为善一样，不但不再骂人，并且也不敢恭维人，即于王柱宇先生在《小实报》所写关于土药的两篇文章我很佩服，对了二三老友曾口头称道过，却一直没有写文章，虽然在一篇谈李小池的《鸦片事略》的小文里曾引用过王先生的几段原文。老实说，我实在怕多事，恐怕甲与乙不对，称赞了甲就等于骂了乙也。既然如此，我的态度原已明了，不会与别人的相混，即使是同名同号，也还是尔为尔我为我，不妨就学柳下惠那样的来和一下子。不过这在我自己是觉得分别得如此清楚，若是在旁观者便难免迷惑，看风水的老者说不定会做盗坟贼的头领，议论的转变更不是料得到的事，何况明明标着字号，那么主顾的只认定招牌而不能辨别货色，亦正是可能而且难怪者也。讲到底，不改名仍是不妥当，那么还是要来考虑改名的方法。

我最初想到的是加姓写作周知堂。可是这似乎有点不妙，因为连读起来有意义，仿佛是东安市场的测字卜卦处的堂名，大有继问心处而复兴吾家易理的气势，觉得略略可笑。其次是仍用知堂而于其上添注老牌二字，以示分别，只可惜颇有商贾气，所以也不能用。再其次是将平声的知字读作去声，照旧例在字的右上角用朱笔画一半圈，这样就可以有了区别了，可是普通铅字里向来没有圈四声的字，而且朱墨套印又很为难，结果仍旧是窒碍难行。最后的变通办法只好改圈声为添笔，即于知字下加写日字，改作智堂字样，比较的还易行而有效，所可惜者仍是平常，不过在不发见与别人相同的时候总可以使用，到必要时再来冠姓曰周智堂，还留得一步退步在，未始不是好办法也。

我从前根据孔荀二君的格言自定别号曰新四知堂，略称知堂，今又添笔作智堂，大有测字之风，倒也很有意思。关于智堂孔子曾说过几句话，曰知者不惑，曰知者乐水。水我并不怎么乐，而且连带的动与乐也都不见得，那么这句话明明是用不着。不惑虽然也是未必，不过孔子又云四十而不惑，我们过了四十岁的人总都可以这样称了罢，而且不佞本是少信者，对于许多宣传和谣言不会得被迷惑，因此足以列于智者之林亦未可知也。

二十五年五月十三日，于北平。

附录二：窃案声明

十多天前北平有几家报纸上揭载一条新闻，用二号铅字标号曰“周作人宅大窃案”。当初我看了这报连自己也很惊疑，但是仔细回想近日家里不曾有东西被窃，再看报上所记失主的年龄籍贯住址以及妻子人数，于是的确知道这是别一周君，那样标题乃是一种手民之误，如《世界日报》便没有弄错，明明写作北大教授周作仁宅。当天我即写了一封更正信给一家报馆道：

> 本日贵报第六版载有北大教授周作人宅大窃案一则，查该案事主乃周作民先生之族弟（案各报均如此说明），名系作仁二字，与鄙名音同字异，贵报所记想系笔误，特此声明，请予更正为荷。

第二天“来函照登”果然出来了，照例是五号字，又只登在北平一个报上，所以不大有人看见。然而那大窃案的新闻可是传播得远了，由北平天津而至南京上海，过了几天之后，在南方的朋友来信大都说及这件事，好像那边所登载的都是“人”字的笔误本。有人在军队里的大约很忙，没有看新闻的内容，真相信了，信里表示慨叹，有人怀疑是传闻之误，或者猜着张冠李戴的也有。有一位朋友写信来说，闻尊处被窃有银元宝数只，鄙人昔日出入尊府，未闻有此，岂近来窖藏已经掘得乎。这位朋友对于吾家情形最是熟悉，所以写这一封信来开玩笑，在接到的许多信里算是顶有风趣的了。但是转侧一想我又颇有“杞天之虑”，为什么呢?

我的姓名出典在《诗经》里，人人得以利用，相同亦是无法，至多我只能较量年代加个老牌字样，如我的名字是辛丑年进江南水师时所取的，那么这正是二十世纪起首老店了。不过真正同姓名倒也还没有过，平常所有的大抵只是二字互易，不是把“仁”字写作“人”，便是把“人”字写作“仁”。我收到好些官厅的通知商店的广告，地址明明是给我的，却都写着“仁”字，这仿佛与中头彩中字一定要写“仲”一样，或者是北平的一种习惯法亦未可知。同时有些寄给那位周先生的专门的书籍杂志讲义等又往往写了“人”字，由我收下后加签交学校的收发处送去。每年学期开始的时候，各报登载新学年的功课，法学院的经济学银行论等总有一两家报纸硬要派给我担任的。这种小事情极是平常，有如打电话错了号码，只知道是错了随即挂上，也不必多说什么。但是这回我觉得很有声明之必要，因为有一两点于我颇有不利。报上说周宅失物有银元宝及金珠饰物，共值万馀元，本是很体面的话，可是假如人家真相信这是吾家的事，那么事情便大不佳妙，有好几位债权的朋友见了一定生气，心想你原来是在装穷么？即使不立刻跑来索还旧欠，至少以后不能再设法通融以弥补每年的亏空了。还有一层，假如社会上相信吾家一被偷就是万把块钱，差不多被认作一个小富翁，虽然报上明明记着失主的街巷和门牌，梁上君子未必照抄在日记上，万一认真光降到吾家来，那不是好玩的事。寒斋没有什么可窃，金器只有我的一副眼镜的边，在十多年前买来时花了一二十块钱，现在世上早已不见此物，自然更不值钱了。古董新近在后门外买得一块断砖砚，颇觉欢喜，文字只剩“元康六”三字，我所喜者乃顶上髻须甚长之鱼纹耳。旧书新得明刊本《经律异相》五十卷，梁宝唱所编集的佛教因果故事，张氏刊《带经堂诗话》三十卷，有叶德辉藏书印，但价都不过数元，并非珍本，不过在个人以为还好罢了。这些东西都是不堪持赠的，如不是真正的风雅贼，走来拿去，不但在我固然懊恼，就是他也未必高兴，损人不利己，何苦来呢。为此我想声明一声，免得招人家的误会，所谓人家者就是上述的两类，虽然将债主与偷儿并列有点拟于不伦，而且很对不起朋友，但是为行文便利计不得不如此，这只得请朋友们的特别原谅的了。

前日报载实业部长吴鼎昌先生建议修正法案，限制人民只准用一个名字，这个我十分赞成。但我又希望附加一条，要大家对于这名字也互相客气一点。我说客气，并不是如从前文中必称官名曰某某大令，或称什么老爷大人，实在只是对于人及其名稍为尊重罢了。例如报馆“有闻必录”，有时事实不符，有时人名错误，来函固应照登，还当于原版用同样大铅字在著目处登出，庶几近于直道。我这篇文章并不是为报馆而作，不过连带想到，觉得若能如此则我们声明或更正当更为有效，大可不必多费工夫来写这种小文耳。

二十五年五月二十五日，于北平。

后记

从廿四年十一月到廿五年四月，这半年中又写了好些文章，长短共三十五篇，又集作一册，姑名之曰《风雨谈》。关于这个集子并没有什么特别要声明的事，不过编校之后有一个感觉，便是自己的文章总是那么写不好。自从文学店关了门之后，对于文章与思想的好坏似乎更懂得了一点，以此看人自然更是便利了，但看自己时就很吃亏，永得不到如俗语所说的那种满足。但是我总尽我所能，能力以外也是没有办法。我现在是一个教员，写文章是课馀的玩艺儿，不是什么天职或生意经，但因为是一个教员的缘故，写的文章与在教室所说的同样的负责任，决意不愿误人子弟，虽然白字破句能免与否也本不敢绝对自信。本来文章具在，看官自会明白，这一篇废话可以不说，只因当初目录上列了后记一项，要再请书局删改也似乎不大方便，所以且写这几行聊以敷衍而已。

廿五年[①]九月十日，知堂记于北平苦雨斋。

【镭校】

①“年”原作“午”。

图书在版编目(CIP)数据

风雨谈/周作人著作;锺叔河编订. —长沙:岳麓书社,2019.1
(2022.7 重印)

ISBN 978-7-5538-0895-6

Ⅰ.①风… Ⅱ.①周…②锺… Ⅲ.①散文集—中国—现代
Ⅳ.①I266

中国版本图书馆 CIP 数据核字(2018)第 036022 号

FENGYU TAN

风雨谈

周作人著作　锺叔河编订

特约编辑:鄢　琨

责任编辑:蒋　浩

责任校对:舒　舍

书籍设计:风格八号

岳麓书社出版发行

地址:湖南省长沙市爱民路 47 号

直销电话:0731-88804152　0731-88885616

邮编:410006

版次:2019 年 1 月第 1 版

印次:2022 年 7 月第 3 次印刷

开本:787mm×1092mm　1/32

印张:8.5

字数:138 千字

印数:7 001—9 000

书号:ISBN 978-7-5538-0895-6

定价:25.00 元

承印:长沙鸿发印务实业有限公司

如有印装质量问题,请与本社印务部联系

电话:0731-88884129